一本書讀懂
村上春樹世界

村上春樹詞典

〈著〉
中村邦夫
道前宏子

Dictionary of Haruki Murakami Words

大風文創

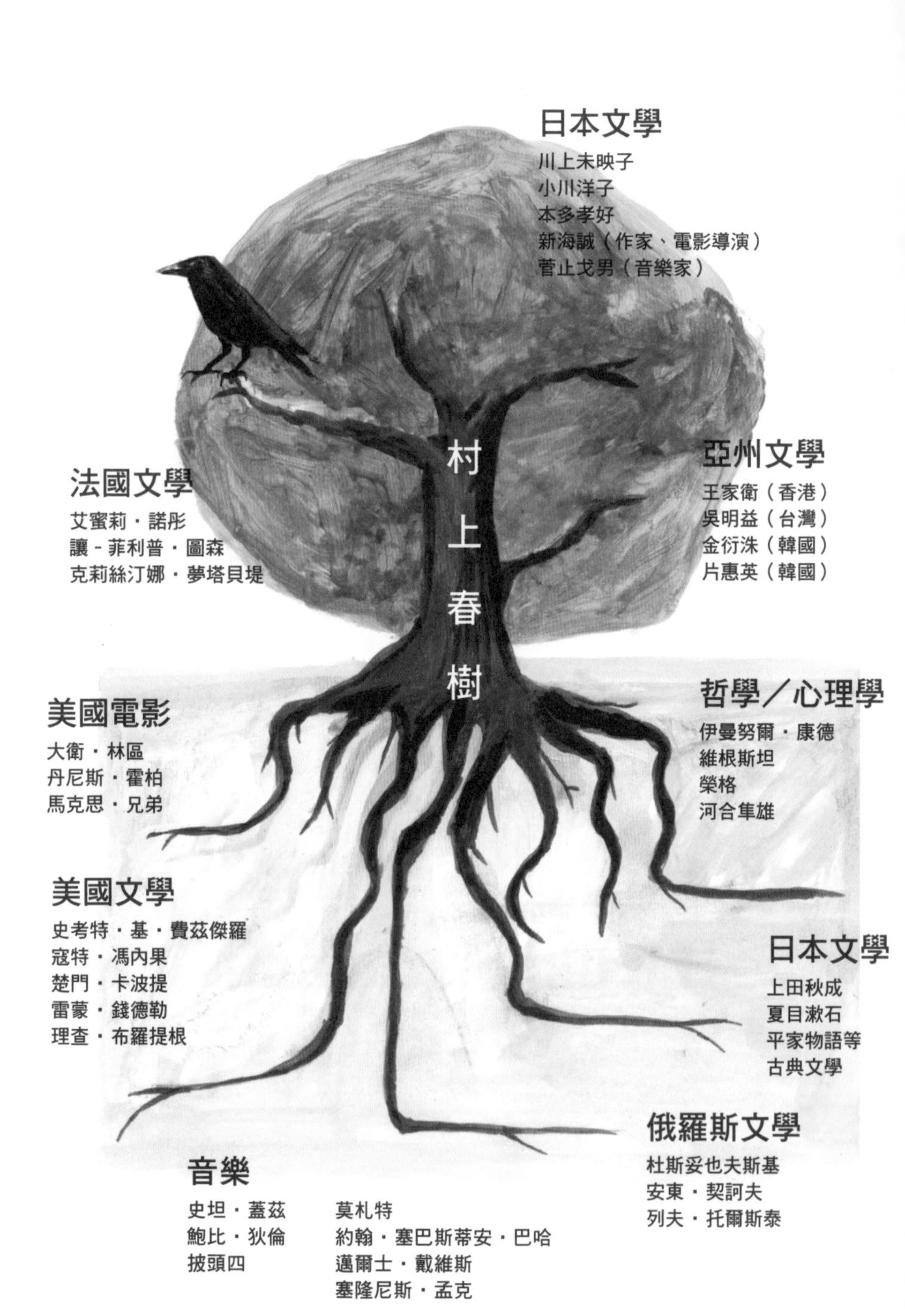
日本文學
川上未映子
小川洋子
本多孝好
新海誠（作家、電影導演）
菅止戈男（音樂家）
村上春樹
亞州文學
王家衛（香港）
吳明益（台灣）
金衍洙（韓國）
片惠英（韓國）
法國文學
艾蜜莉・諾彤
讓－菲利普・圖森
克莉絲汀娜・夢塔貝提
美國電影
大衛・林區
丹尼斯・霍柏
馬克思・兄弟
哲學／心理學
伊曼努爾・康德
維根斯坦
榮格
河合隼雄
美國文學
史考特・基・費茲傑羅
寇特・馮內果
楚門・卡波提
雷蒙・錢德勒
理查・布羅提根
日本文學
上田秋成
夏目漱石
平家物語等
古典文學
俄羅斯文學
杜斯妥也夫斯基
安東・契訶夫
列夫・托爾斯泰
音樂
史坦・蓋茲
鮑比・狄倫
披頭四
莫札特
約翰・塞巴斯蒂安・巴哈
邁爾士・戴維斯
塞隆尼斯・孟克

Introduction

前言

（或者針對村上春樹名字中「樹」的考察）

現在，全世界都在閱讀村上春樹。這棵名為「春樹」的大樹，究竟是怎麼做，才能成長茁壯到現在的模樣呢？我想大家看了左邊的插圖就會明白，以美國文學為首，「春樹」其實還吸收了音樂、哲學、電影等許多營養才有所成長的。而這棵樹也結了許多果實。在日本，有川上未映子、小川洋子、本多孝好、電影導演新海誠、音樂家菅止戈男。在法國，有艾蜜莉・諾彤、讓 - 菲利普・圖森、克莉絲汀娜・夢塔貝堤等受村上春樹影響的知名作家，又被稱為「Murakamian」。在亞洲，香港的電影導演兼劇作家王家衛、台灣的吳明益、韓國的金衍洙與片惠英等可以說是村上追隨者。簡直就像是在某處森林裡的一棵大樹，隨著時間形成了生態系並淨化了環境一般。名為「春樹」的樹，早已打造出可以稱為社區的巨大假想空間。本書名為《村上春樹詞典》，但並非文學作品的困難解說本，而是如同參考書，為了讓尚未讀過村上春樹的朋友，或是長久以來的粉絲都能夠享受，下足了功夫。倘若各位能一面吐槽說「真要命，我不太懂你在說什麼。這說明或許是正確的，又或許是不正確的。OK，就這樣吧」一面享受，那我也會很榮幸。

本書的閱讀方式

以50音的順序，列出與村上春樹有關的
「作品」、「登場人物」、「關鍵字」、
「相關作家」等詞彙。

①用語

②英文標著
沒有英譯的作品名稱
或登場人物即沒有此項目。

③日文標著

④記號的意義
㊤ 長篇
㊢ 短編
㊑ 短編集
㊖ 散文
㊞ 翻譯
㊔ 旅行遊記
㊐ 對談集
Ⓠ 與讀者的Q&A集
㊮ 非虛構式文學
㊙ 繪本
㊟ 人物
㊡ 登場人物
㊞ 地名

⑤刊載頁數
本詞典中出現的用語
都會加上刊載頁數
（地名等頻繁出現的單字除外）。

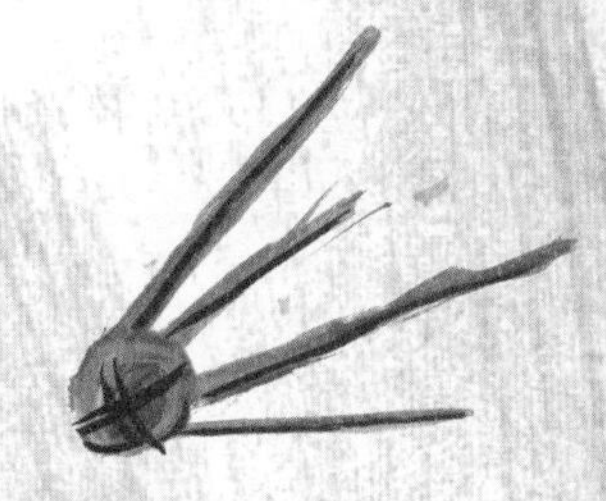

100%享受村上春樹詞典的方法

①獨特的「文字遊戲」

村上春樹作品最大的魅力，
就是「常用比喻的獨特措辭」。
本書也會列舉出現頻率高的詞彙。
值得享受的不光是寫了些「什麼」，
還有「如何」去撰寫。

②知曉全部作品

包含短篇與翻譯作品，
解說了所有的村上作品。
尤其短篇中又有許多有趣作品，
還有些成了長篇的原型，
希望大家能參考本書，一面閱讀。

③享受專欄

光靠用語解說無法完整講解的部分
則整理在幾個專欄中。
希望能成為大家解讀村上世界的靈感。

Contents

村上春樹詞典 目錄

あ行

か行

さ行

ま行

や行

Contents

Contents

ら行

わ行

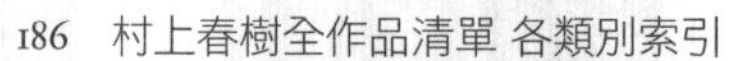

Column

※ 書中括弧〔〕表示為香港用語

用關鍵字讀解
村上春樹世界

在村上世界裡，充滿謎團的關鍵字，
就彷彿角色扮演遊戲一般潛藏在裡頭。
讀者以「反覆使用，如同記號般的詞彙」為線索，
宛如印第安納・瓊斯從謎樣信紙中
發現隱藏在叢林裡的水晶骷髏一般，
找出埋藏在故事裡的「寶物」。

Keywords

Keyword **1**

謎樣少女

Mysterious Girl

沒有小指的女子、穿著208與209運動外套的雙胞胎少女、耳朵很漂亮的少女、青梅竹馬的直子、反覆無常的綠、傲驕的美少女雪、自由奔放的笠原May、如同幽靈般的島本、失蹤的妻子久美子、暗殺者青豆、擁有特殊能力的深繪里、沉默的13歲少女秋川真理惠……反覆於村上作品中登場的「謎團少女」，究竟是何許人也？她們欠缺了些什麼，卻有著特殊能力。宛如住在不會清醒的夢中一般，那「夢幻的少女」。然而，故事中的她們，總是會成為主角取回失去之物的重要關鍵。

Keyword 2

被貓化的世界

World Like a Cat

貓正是所謂的「走路哲學」。光只是故事中出現貓，就拋出了某種深意。貓作為村上作品中的象徵性存在，會大量地出現。《尋羊冒險記》中的沙丁魚、《海邊的卡夫卡》中的咪咪與Toro、《發條鳥年代記》中的沙哇啦（鰆魚）。在短篇中，則有著於希臘小鎮上被三隻貓給吃掉的老婦人的故事——〈吃人的貓〉（暫譯，人喰い猫）等等。喜歡大貓，並與好幾隻貓一同生活的村上，曾說過「那些裝作不知情、難為情、豁出去的模樣，都是從我家貓咪們身上學來的。人生大概就是靠著這樣挺過去的。喵——」。除了作品以外，貓也帶給了其生活方式偌大的影響，宛如謬思（女神）一般的存在。或許，村上作品可以說是「被貓化的世界」。

Keyword **3**

甜甜圈的洞

Doughnut Hole

《只留下甜甜圈的洞的吃法》（暫譯，ドーナツを穴だけ残して食べる方法）這本書曾造成話題，簡直就是終極的村上春樹風格。村上確實喜歡甜甜圈，他作品本身的某處，就如同「甜甜圈的洞的存在」。在超短篇故事〈甜甜圈化〉中，變成甜甜圈的戀人曾說過「我們人類存在的中心是虛無的噢。什麼也沒有，是零噢」，在超短篇〈甜甜圈續〉中，主角被說了「結果你的小說，不管好壞，都是甜甜圈式的噢」。在短篇〈圖書館奇譚〉中，前來圖書館借書的「我」被關在了地下室，整整一個月來就靠羊男給的甜甜圈度過，而在繪本《羊男的聖誕節》中，吃了中空的甜甜圈而受到詛咒的羊男帶著沒有洞的麻花甜甜圈，來到了祕密洞穴。結果，讀者總是被孤零零地遺留在甜甜圈的洞穴中。

Keyword 4

爵士與音樂

Jazz and Music

村上從小就備受音樂薰陶。尤其是爵士，可謂他的人生哲學。此處所提到的爵士，與其說是「音樂的爵士樂」，還不如說是「即興的思考方式」。最重要的是 improvisation（即興演奏）與旋律感。村上春樹的文體，簡直可以說是爵士樂本身。在作品中，爵士也會作為象徵使用，如《開往中國的慢船》的《On a Slow Boat to China》、《黑夜之後》的《Five Spot After Dark》、《國境之南・太陽之西》的《South of the Border（國境之南）》等，爵士名曲甚至成了作品的書名及整個故事的 BGM 。此外，《海邊的卡夫卡》的《My Favorite Thing》、《1Q84》的《It's Only a Paper Moon》等作品，也發揮了「隱藏主題曲」的功能。

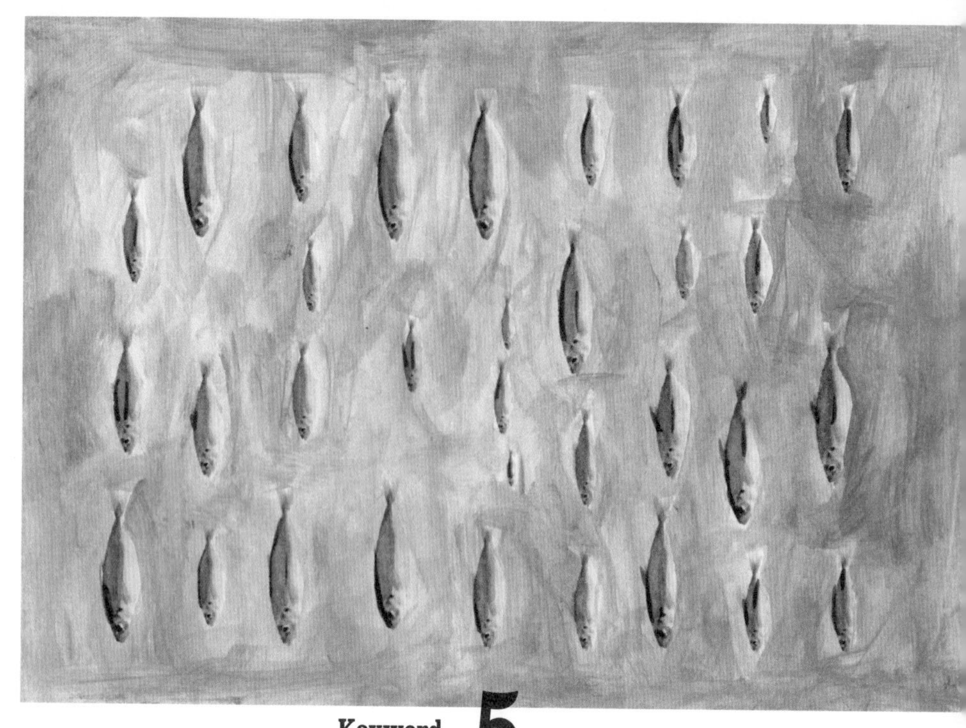

Keyword **5**

前往異世界之旅

A Journey to the Another World

基本上，村上的作品就是住在「這個世界」裡的主角，前往「那個世界」後又回來的異世界巡禮故事。可以說自《聽風的歌》之後，一定會出現酒吧、音樂、酒等某種與異世界有所連結的日常品項。再者，作為前往那個世界的入口，就有《舞・舞・舞》的「旅館電梯」、《發條鳥年代記》的「井」、《海邊的卡夫卡》的「森林」、《1Q84》的「緊急樓梯」等設定，從隨處可見的地方闖入深邃的地底世界。接著，由於在「地下二樓的故事世界」黑暗中徘徊，主角會進入自己靈魂的深處，並有所成長。

Keyword **6**

美國文學與翻譯

American Literature and Translation

1979 年以《聽風的歌》出道的村上，在雜誌上翻譯史考特・費茲傑羅的短篇作品〈可憐的孔雀〉後，就開始著手翻譯許多作品，並與自己的創作活動同時進行。在上市《村上春樹（大部分）翻譯全工作》（暫譯，村上春樹翻訳（ほとんど）全仕事）時的演講上，村上曾說過「翻譯就是最終的熟讀」。與寫小說相比，村上闡述「翻譯是興趣」，而透過這項翻譯作業，他從全世界的文學中吸收精華，成為創作的能量泉源。因此，村上作品既像美國文學，而他翻譯的美國文學也讓人感覺像是村上作品。然而，藉由這項翻譯來溝通正是村上文學的精髓所在，也成了其魅力之一。

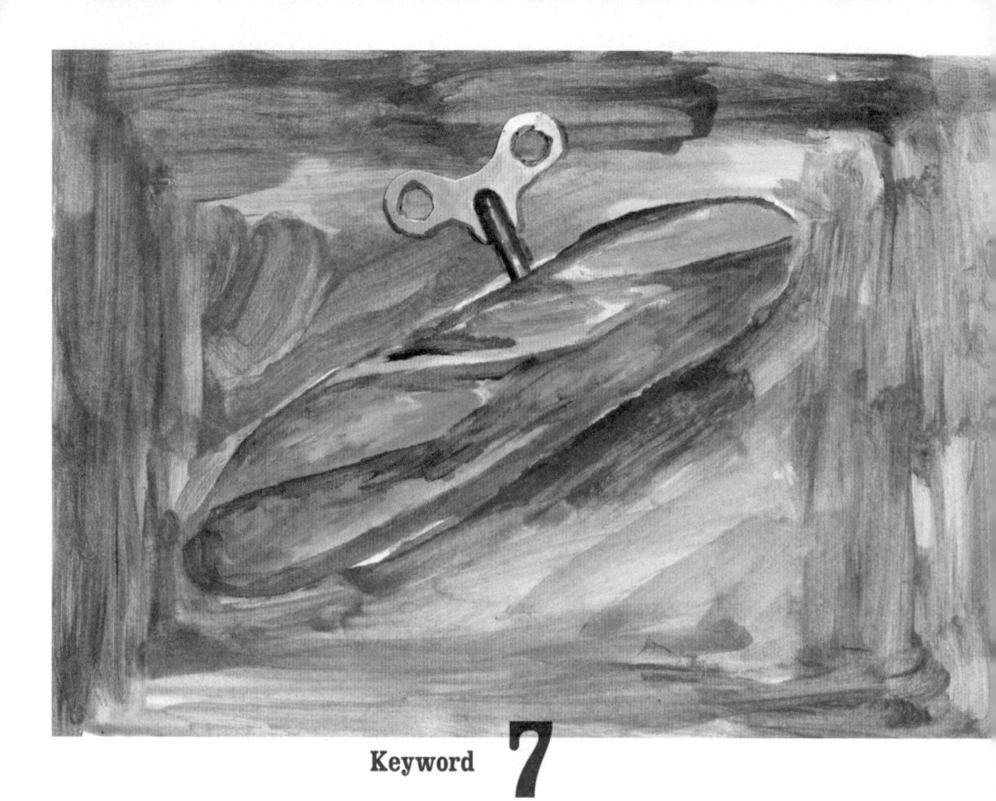

Keyword **7**

對日常的堅持

Love for Everyday

洗衣、熨燙、料理、掃除，這些再平常不過的小事，唯有親身經歷過的村上，才會有的堅持，而村上作品中描寫「日常」的場面也時常會出現這些行為。登場人物宛如像閱讀了《生活手帖》般老舊生活雜誌的青年一樣，度過生活。原因在於，根據《村上朝日堂反擊》所述，事實上村上也曾以家庭主夫的身分生活過，送夫人出門上班後，他就開始掃除、洗衣、購物、料理，等著夫人回家。當時他甚至有時間一年看《細雪》（谷崎潤一郎作品）三次，或許這段時期的經驗也對他的作品帶來偌大影響。然而，這份日常的無趣正是促使他妄想活躍的原動力，加強了與在那之後發生的「小事」之間的對比吧！

Keyword **8**

都市的孤獨

City Solitude

孤獨有各種各樣，而村上作品中的主角大多處於「無法說明的積極性孤獨」狀態。像《舞・舞・舞》中的五反田君那般，明明很富裕，卻有著無法被滿足的「時代產生的孤獨」。如《挪威的森林》中直子那樣，有著無法從過去逃離的「創傷孤獨」。像《人造衛星情人》的登場人物般，那種與誰都沒有交集的「單相思孤獨」。此外，還有《沒有色彩的多崎作和他的巡禮之年》的多崎作，以及因妻子出軌而離婚的《刺殺騎士團長》、短篇〈木野〉的主角們那樣，為「溝通被斷絕的孤獨」等等。隻身在都市生活的人物們所品嘗到的各種孤獨，正是讓讀者對村上作品產生強烈共鳴的「最強香料」。

Keyword 9

消失的什麼

Something to Disappear

貓消失、妻子消失、戀人消失、色彩也消失。就像這樣，如同魔術師一般相繼讓各種事物消失，就是村上作品基本的「職人手藝」。宛如像出現在電影與動畫中那些古典的魔法使，在剎那間，人也消失了。《發條鳥年代記》中既貓失蹤後妻子也消失，在《國境之南・太陽之西》中島本從箱根的別墅消失，在《人造衛星情人》中，小堇像煙一般消失於希臘的島上。在《刺殺騎士團長》中，向「我」學習畫畫的少女秋川真理惠消失了。短篇〈消失的藍色 Losing Blue〉（暫譯，青が消える）中，這個世界上的藍色消失了。然而，在不斷喪失與重生的過程中，主角「僕」或「私」（中譯皆為「我」）也重拾了自己。

村上春樹
年代記

所謂的「小說家村上春樹」，究竟是何許人也？
明明很好讀，卻很難。明明很複雜，其實也有單純的地方。
而俄羅斯人、印度人的粉絲們也都異口同聲地說：
「這是我們自己的故事。是村上春樹幫我們代言的。」
我們試著一面回顧他的人生，一面接近其魅力之謎。

Haruki Murakami
Chronicle

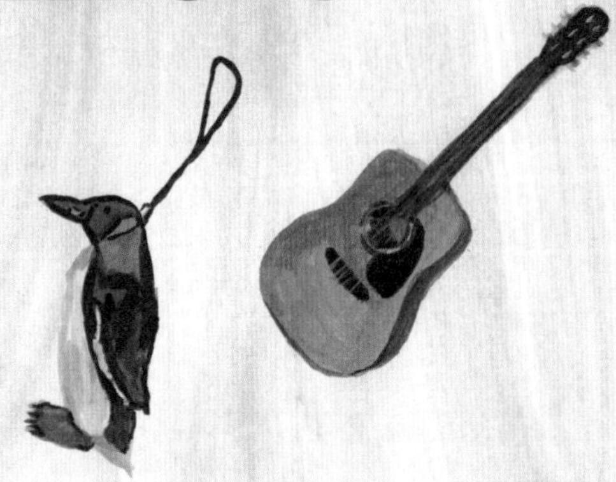

1949年1月12日出生於京都。
本名為村上春樹。
雙親皆為國文（日文）教師。
父親曾經是僧侶。
後來，全家搬到兵庫縣西宮市，
於蘆屋、神戶長大。

由於討厭雙親強迫他背誦《枕草子》、
《平家物語》等的日本文學教育，
每天沉溺於閱讀外國文學。
在書店，他被允許用「賒帳」的方式
自由購買書籍。

當了一年的重考生後，1968 年，
進入早稻田大學第一文學部戲劇科。
在學生時期與同學陽子小姐結婚，
拼命打工。
1974 年，於25 歲時在國分寺
開設爵士咖啡聽「彼得貓」。
（3 年後將店面搬遷至千馱谷）
Peter-cat
jazz
1978 年，在神宮球場
觀看養樂多燕子隊對廣島一戰的比賽時，
突然靈光一閃想要寫小說。

把店關了以後，
他每天半夜會花一個小時
在廚房的桌子上寫作，
耗時 4 個月，
撰寫出道作品
《聽風的歌》。
1979 年《聽風的歌》
榮獲群像新人文學獎，因而出道。
與續集《1973 年的彈珠玩具》
一同被提名芥川賞。
亦開始翻譯最喜歡的外國文學。
風の歌を聴け
1973年のピンボール
村上春樹

一面停留在羅馬、
雅典娜等地，
撰寫《挪威的森林》。
1987 年，暢銷大賣。
1991 年，成為普林斯頓大學的
客座教授，前往美國。
3 年後，發表大作
《發條鳥年代記》。

1997 年採訪了地下鐵
沙林事件的被害者，
發表首部非虛構式
文學作品《地下鐵事件》。
曾說過重要的並非
「Detachment（對社會漠不關心）」，
而是「Commitment（與社會產生關連）」，
造成話題。

2009 年，《1Q84》
成為世界級的暢銷作品。
榮獲弗蘭茨・卡夫卡獎、
耶路撒冷獎、加泰隆尼亞獎等，
在國際間獲得好評。

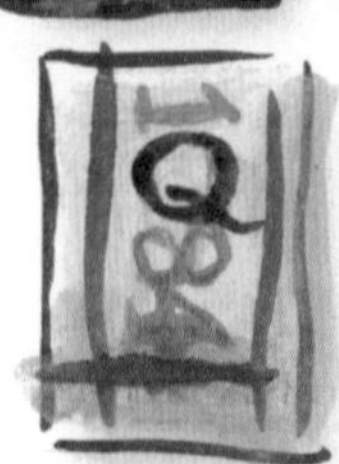

2017 年，發表了自《1Q84》
以來睽違 7 年的正式長篇
《刺殺騎士團長》。
2018 年，首度挑戰擔任收音機 DJ 。

村上春樹作品中的奇幻與寫實年表

藍字＝短篇
紅字＝長篇

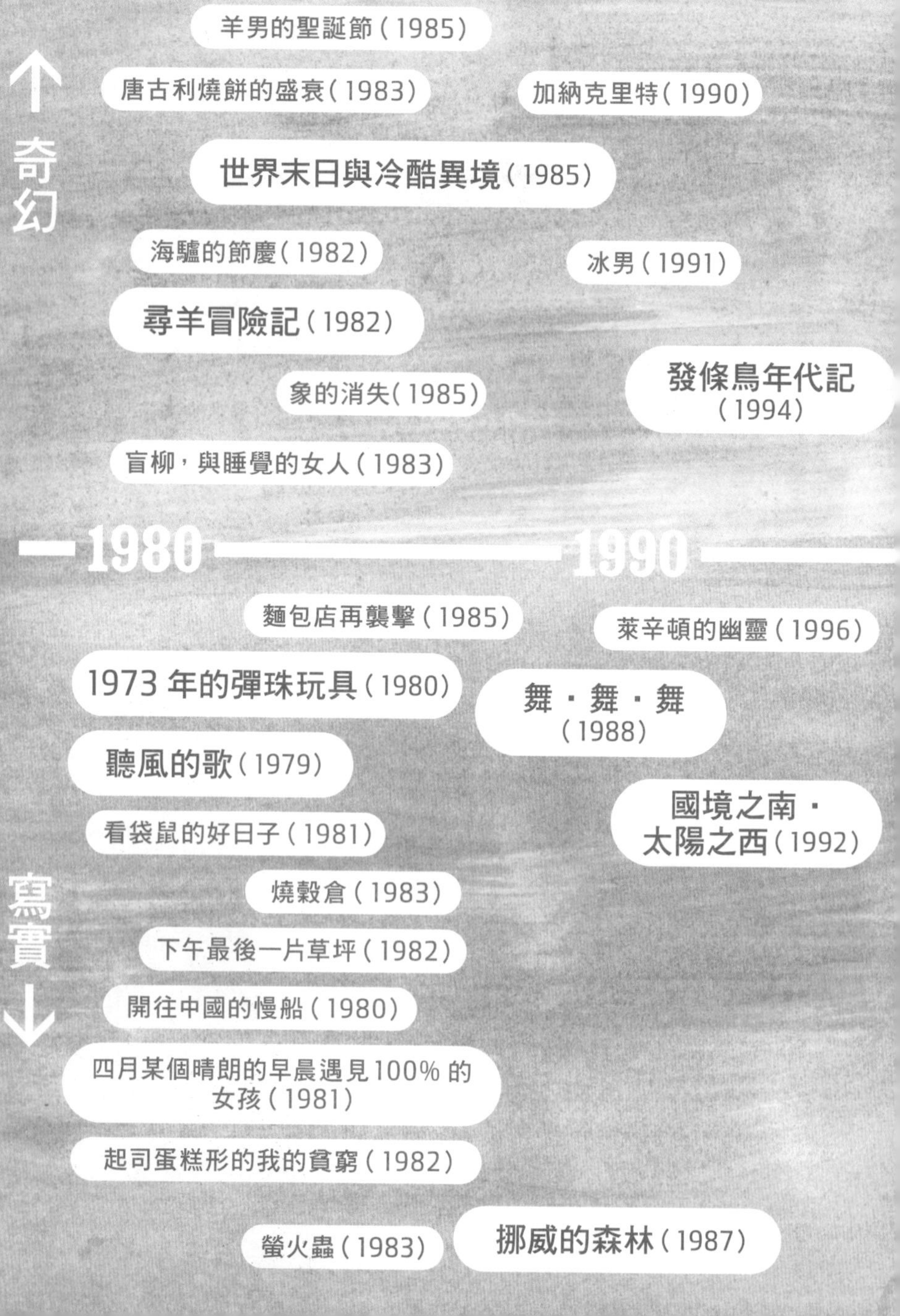

↑ 奇幻

羊男的聖誕節（1985）
唐古利燒餅的盛衰（1983）
加納克里特（1990）
世界末日與冷酷異境（1985）
海驢的節慶（1982）
冰男（1991）
尋羊冒險記（1982）
發條鳥年代記（1994）
象的消失（1985）
盲柳，與睡覺的女人（1983）

—1980————1990—

麵包店再襲擊（1985）
萊辛頓的幽靈（1996）
1973 年的彈珠玩具（1980）
舞・舞・舞（1988）
聽風的歌（1979）
國境之南・太陽之西（1992）
看袋鼠的好日子（1981）
燒穀倉（1983）
下午最後一片草坪（1982）
開往中國的慢船（1980）
四月某個晴朗的早晨遇見100% 的女孩（1981）
起司蛋糕形的我的貧窮（1982）
螢火蟲（1983）
挪威的森林（1987）

寫實 ↓

村上的作品，是由「奇幻」與「寫實」交織撰寫而成的。
在歐洲，《海邊的卡夫卡》、《1Q84》等奇幻特性強烈的作品相當受歡迎，
在亞洲，則是《挪威的森林》等寫實系作品人氣很高。

不可思議的圖書館（2005）

戀愛的薩姆莎（2013）

品川猴（2005）

1Q84（2009）

青蛙老弟，救東京（1999）

雪哈拉莎德（2014）

海邊的卡夫卡（2002）

刺殺騎士團長（2017）

黑夜之後（2004）

2000

2010

神的孩子都在跳舞（1999）

人造衛星情人（1999）

木野（2014）

蜂蜜派（2000）

哈那雷灣（2005）

獨立器官（2014）

Yesterday（2013）

沒有色彩的多崎作和他的巡禮之年（2013）

Drive My Car（2013）

沒有女人的男人們（2014）

村上春樹作品的長篇與短篇關係圖

藍字＝短篇
紅字＝長篇

村上的作品裡，會反覆描寫同一個中心思想好幾次。
很多情況是一開始寫短篇小說，之後再加筆成長篇小說並加以完成。

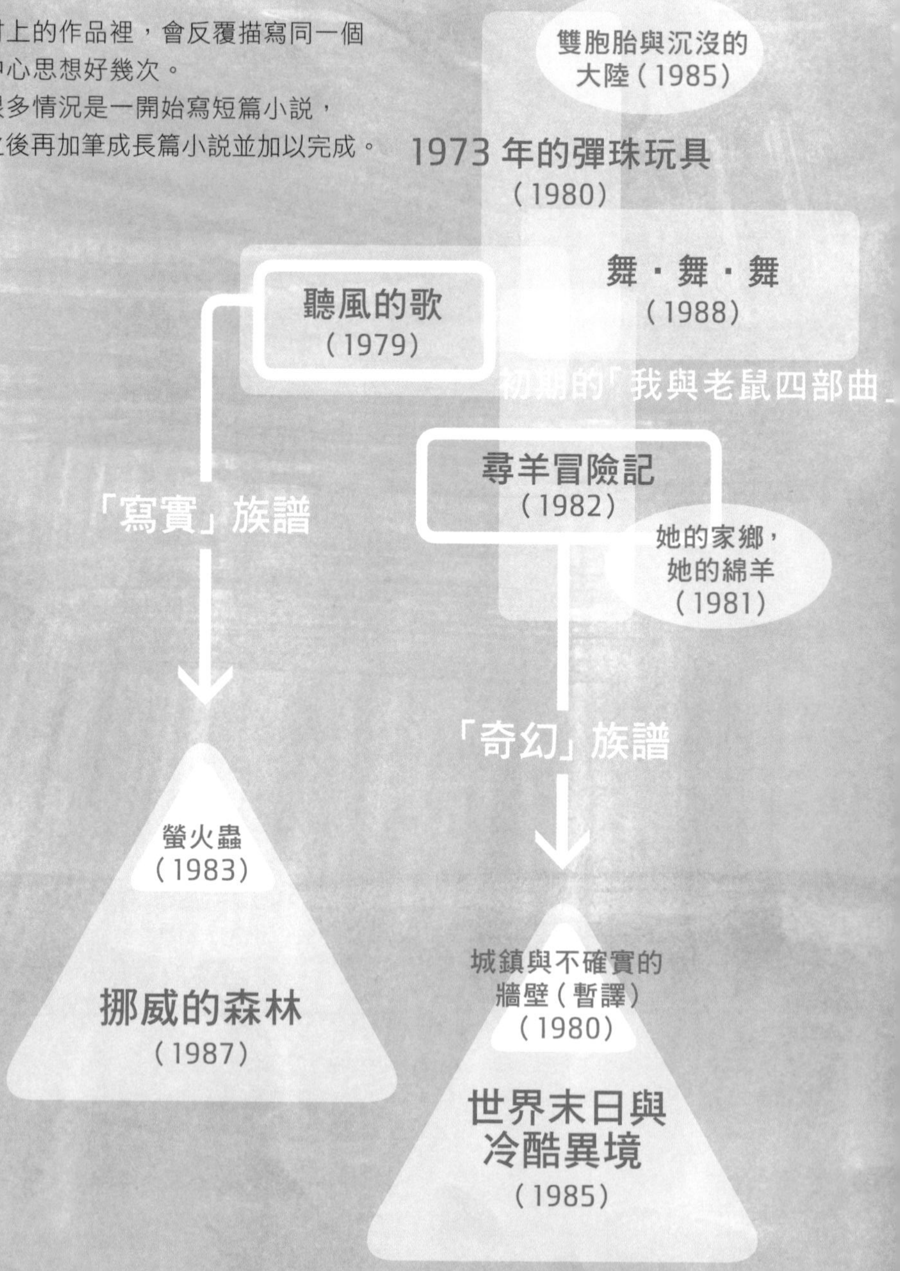

雙胞胎與沉沒的大陸（1985）

1973 年的彈珠玩具（1980）

舞・舞・舞（1988）

聽風的歌（1979）

初期的「我與老鼠四部曲」

尋羊冒險記（1982）

她的家鄉，她的綿羊（1981）

「寫實」族譜

「奇幻」族譜

螢火蟲（1983）

挪威的森林（1987）

城鎮與不確實的牆壁（暫譯）（1980）

世界末日與冷酷異境（1985）

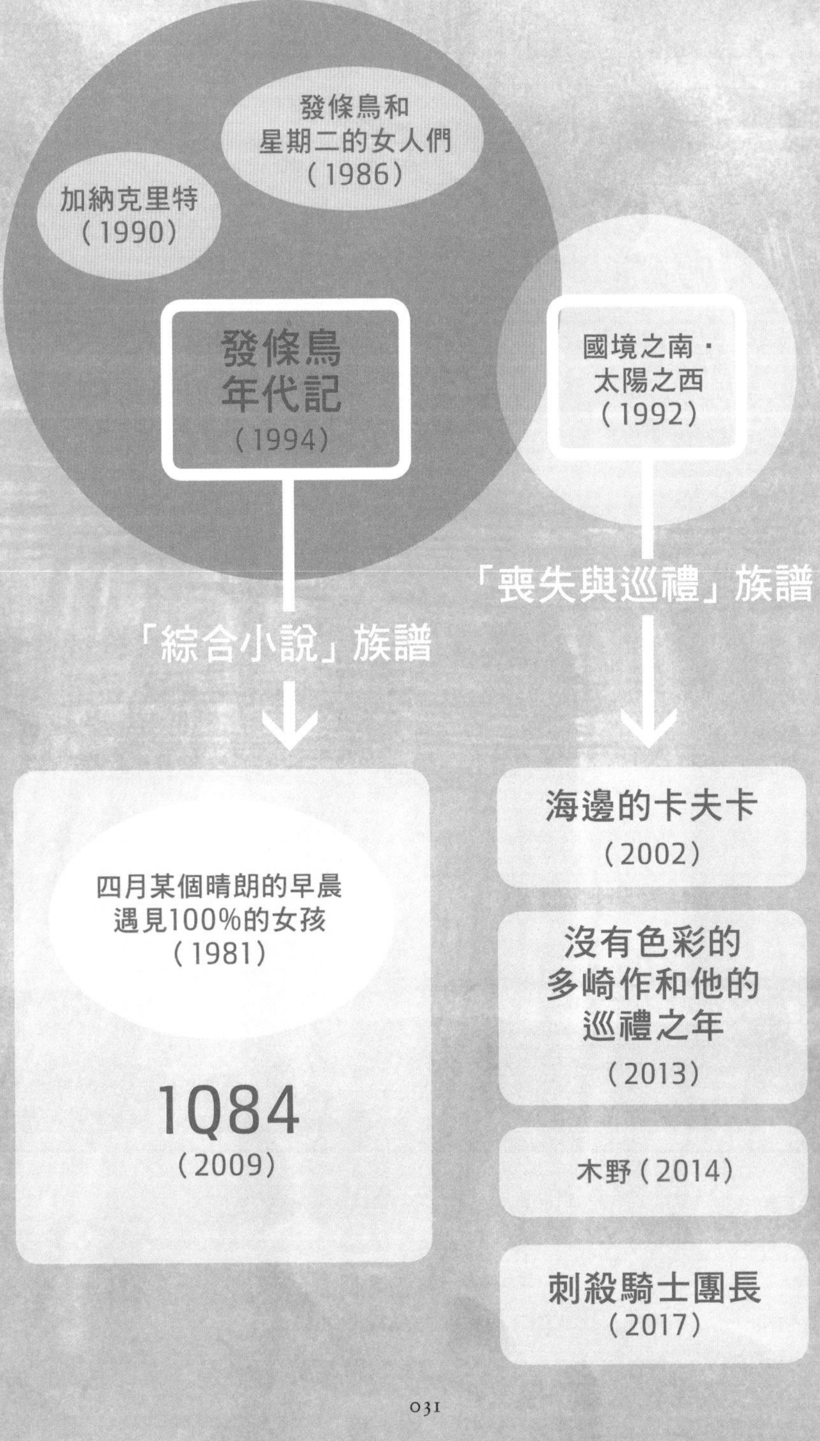

發條鳥和
星期二的女人們
（1986）

加納克里特
（1990）

發條鳥
年代記
（1994）

國境之南．
太陽之西
（1992）

「喪失與巡禮」族譜

「綜合小說」族譜

四月某個晴朗的早晨
遇見100%的女孩
（1981）

1Q84
（2009）

海邊的卡夫卡
（2002）

沒有色彩的
多崎作和他的
巡禮之年
（2013）

木野（2014）

刺殺騎士團長
（2017）

Dictionary of
Haruki Murakami Words

村上春樹
詞典

娥蘇拉・勒瑰恩

Ursula K. Le Guin／
アーシュラ・K・ル＝グウィン(人)

因《地海》而出名的美國SF、奇幻作家。描繪長有羽翼的貓咪繪本《飛天貓》（P.101）系列（續集《飛天貓回家》、《飛天貓與酷貓》、《獨立的珍》（暫譯，Jane on Her Own）是由村上翻譯，得以享受其中。身為她粉絲的村上曾說：「從看到封面的那一刻起，我就下定決心要翻譯這本書」。於2018年過世。

ICU

International Christian University／アイシーユー

位於東京三鷹地區的國際基督教大學通稱。村上在20歲左右時，曾於附近的公寓裡居住2年。雖然沒出現過具體的名稱，不過在《1973年的彈珠玩具》（P.097）中主角與雙胞胎時常散步的地方，正是ICU的高爾夫球場（現在的野川公園）。續集《尋羊冒險記》（P.134）中，也有登場於主角的約會場景裡。「我」與女朋友從公寓走到ICU的校園，在食堂吃了午餐，於交誼廳喝咖啡，也在草皮上橫躺著。

當我們談論愛情時，我們在談論什麼

What We Talk About When We Talk About Love／
愛について語るときに我々の語ること(翻)

瑞蒙・卡佛（P.177）的短篇集。書名引用自作品中「當我們談論愛情時，我們在談論什麼」的台詞原文。散文集《關於跑步，我說的其實是……（走ることについて語るときに僕の語ること）》（P.127）的書名也是來自於此部作品。

中央公論新社
1990年

熨燙

ironing／アイロンかけ

熨燙的行為，時常作為「淨化」的隱喻而出現在村上的作品中。《發條鳥年代記》（P.124）的主角在腦袋混亂時總會去燙襯衫，而這全部的流程會分成十二項。根據《村上春樹雜文集》（P.162）中收錄的散文〈正確的燙衣方法〉所述，村上貌似「格外地擅長」燙衣服，而「背景音樂用靈魂音樂好像很合」。

有熨斗的風景

Landscape with Flatiron／アイロンのある風景 ㊟

描述在茨城縣的某個海邊，一對男女圍繞著篝火的故事。離家出走，在便利商店工作的「順子」與中年畫家「三宅先生」的興趣，就是在海濱燒篝火。據說三宅先生近期畫的畫，名為「有熨斗的風景」。收錄於《神的孩子都在跳舞》（P.060）。

藍仔

Ao／アオ ㊫

登場於《沒有色彩的多崎作和他的巡禮之年》（P.084）中主角作（P.107）的高中時代朋友五人組其一。名字為青海悅夫（おうみよしお，oumiyoshio），暱稱為藍仔，居住於名古屋。學生時代時隸屬於橄欖球社，現於 Toyota 的「LEXUS」（P.178）經銷商上班。

青葡萄（暫譯）

Blur grapes／青いぶどう

此為村上12 歲時，以編輯委員身分收錄在西宮市立香櫨園（こうろえん，kouroen）小學畢業文集中的作文。開頭村上將自己等人比喻為熟成前的「一顆青葡萄」，是讓人感受到其罕見才能的珍貴資料。

消失的藍色（暫譯）

Losing Blue／青が消える ㊟

只有在全集中才能閱讀到的夢幻短篇故事。描述在熨燙時襯衫的藍色突然消失，等回過神來，藍色已經從世界上逝去的故事。是日後村上作品中反覆出現的關鍵字——「藍色」與「消失」皆有登場的重要作品。受他人委託以千禧年的大晦日（除夕）為舞台，於1992 年執筆。收錄於《村上春樹全作品1990 ～ 2000 ①》。

青豆

Aomane／青豆 ㊫

《1Q84》（P.043）中的其中一名主角，本名為青豆雅美（あおまめまさみ，aomamemasami）。任職於廣尾某高級運動

中心的健身教練，私底下卻是一名暗殺者。據說村上在居酒屋看到青豆豆腐的菜單後突然靈機一動，並為繪師朋友安西水丸（P.042）、和田誠（P.183）共同執筆的散文集添上《青豆豆腐》（新潮社）的標題。

青山
Aoyama／青山 ㊞

正如同「講到村上春樹，就會想到青山」一般，是作品中時常會登場的代表性地區。《舞・舞・舞》（P.109）的主角在青山的紀伊國屋買了「調理好的青菜」（P.110）一景，以及作品《國境之南・太陽之西》（P.072）中開車橫越青山通的場景等尤其有名。在散文中，也時常會寫到於其周圍散步的模樣。

紅仔
Aka／アカ ㊫

登場於《沒有色彩的多崎作和他的巡禮之年》（P.084）中主角作（P.107）的高中時代朋友五人組其一。名字為赤松慶（あかまつけい，akamatsukei），暱稱為紅仔，居住於名古屋。從學生時代起成績就很優秀，現在經營著舉辦自我成長研討會（Creative Business Seminar）的公司。

赤坂西那蒙（chinnamon，肉桂）
Chinnamon Akasaka／赤坂シナモン ㊫

登場於《發條鳥年代記》（P.124）的角色——赤坂納姿梅格（P.036）之子。自從他在6歲前於深夜聽見發條鳥的聲音，並目擊不可思議的事情以來，就拒絕再度開口說話。智能很高，輔佐著納姿梅格的工作。

赤坂納姿梅格（nutmeg，肉豆蔻）
Nutmeg Akasaka／赤坂ナツメグ ㊫

登場於《發條鳥年代記》（P.124），為從事特殊工作的女性。生於橫濱，成長於滿州。原為知名的時尚設計師，背負著丈夫被用獵奇方法殺害的過去。以上流階級者為對象，採用某種心靈治療。

阿基・郭利斯馬基
Aki Kaurismäki／アキ・カウリスマキ ㊇

代表芬蘭的電影導演。村上曾說「中意阿基・郭利斯馬基有點不正經的部分」，並舉出喜歡的作品有《列寧格勒牛仔征美記》系列。在《沒有色彩的多崎作和他的巡禮之年》（P.084）中，也描寫了主角說提到芬蘭，就會想到「西貝流士、阿基・郭利斯馬基的電影、瑪莉美歌（Marumekko）的設計、諾基亞、慕敏（Mummin）」的場景。

秋川真理惠
Marie Akikawa／秋川まりえ ㊫

登場於《刺殺騎士團長》（P.063）中的13歲美少女。帶著企鵝的護身符。是主角「我」在繪畫教室裡教導的學生，掌握著故事的重要關鍵。

芥川賞

Akutagawa Prize ／芥川賞

出道作品《聽風的歌》（P.058）與《1973年的彈珠玩具》（P.097）分別榮獲第81屆（1979年上半期）、第83屆（1980年上半期）的芥川賞候補，但是落選了。村上在散文集《關於跑步，我說的其實是……》（P.127）中，曾寫到「不過以我來說，老實說得不得獎都無所謂。如果得獎的話採訪和邀稿一定接踵而來，那樣可能會影響店的營業，我反而更擔心」。

旭川

Asahikawa ／旭川 ㊞

《挪威的森林》（P.125）中的角色玲子姊（P.177）曾形容旭川為「那裏你不覺得有點像是沒做成功的陷阱一樣的地方嗎？」。乍看之下這說法很過分，不過洞（P.038）在村上春樹的作品中，是「通往異世界入口」的重要關鍵字。在《尋羊冒險記》（P.134）裡，主角為了前往能邂逅羊男（P.134）的「十二瀧町」（P.087），曾一度從札幌路經旭川，或許此事，可以認知為旭川是通往仙境的入口之地。

海驢

Sea Lion ／あしか ㊟

不知為何時常出現在村上作品中的海獸。除了主角心想「為什麼我是海驢呢」，感受到虛無感的超短篇作品〈海驢〉（收錄於《村上春樹全作品 1979 ～ 1989 ⑤》）以外，還有〈月刊《海驢文藝》（暫譯）〉（P.068，月刊「あしか文芸」）、〈海驢的節慶〉（P.037）等短篇，收錄於《夢中見》（P.170）中的超短篇〈火柴〉和〈Lark〉裡也曾出現海驢。

海驢的節慶

Sea Lion Festival ／あしか祭り ㊟

「門鈴叮咚地響起來，我打開門一看，『海驢』就站在門口」的故事。海驢向「我」尋求對海驢節的「象徵性援助」，作為回報，便遺留下「海驢會報」和「海驢貼

Asahikawa

紙」而離去。有些超現實主義，為村上那迂迴文體風格相當顯著的知名短篇。收錄於《看袋鼠的好日子》(P.062)。

蘆屋

Ashiya／芦屋 ㊞

村上度過孩提時代的城市。在作品《村上朝日堂反擊》(P.160) 中，曾寫到「我出生的地方雖然在京都，不過很快就搬到兵庫縣西宮市一個叫做夙川的地方，然後又搬到同樣兵庫縣的蘆屋市。所以要說哪裡出身的有點難說。十幾歲都在蘆屋度過，雙親的家也在這裡，所以就說是蘆屋市出身的」。

洞

hole／穴

時常登場於村上的作品中，為通往異世界的入口。《發條鳥年代記》(P.124) 中的井和《刺殺騎士團長》(P.063) 中的石室等讓人印象深刻。主角們通過洞穴，就能踏足「那一方」的世界。所謂異世界，也就是指內心深處的深層心理。村上將寫作這個創作行為表現成「挖洞」、「往下走到地下室」等，闡述「若能抵達這個深處，就能和大家觸及共同的基層，與讀者交流」。

黑夜之後

Afterdark／アフターダーク ㊟

用神明的視角，描寫從23點56分到6點52分這一整晚發生之事的實驗性作品。所謂的「After dark」意指「暗下來之後」，而書名來自於現代爵士樂的長號演奏者——柯提斯・富勒的代表性曲子《Five Spot after Dark》。「我們」這複數第一人稱的視角就像相機般移動，描繪深夜的都會。雖說沒有寫出具體的地名，不過從行人十字路口等描述來看，可以斷定舞台為深夜的澀谷 (P.085)。

雨田具彥

Tomohiko Amada／雨田具彦 ㊜

於《刺殺騎士團長》(P.063) 中登場的92歲著名日本畫家。以歌劇《唐・喬凡尼》為靈感，畫出了名為「刺殺騎士團長」的日本畫作。現在因失智症，進入養護設施。其作風主要為繪製飛鳥時代的歷史畫，因此一般認為是以居住於神奈川大磯的日本畫家安田靫彥（やすだゆきひこ，yasudayukihiko）為範本。

講談社，2004年

雨田政彥

Masahiko Amada ／雨田政彥 ㊟

《刺殺騎士團長》（P.063）的主角——「我」自美術大學時代起的朋友，為平面設計師。讓主角借住在居於小田原的父親——雨田具彥（P.038）的畫室中，介紹繪畫教室的工作。

避雨

雨やどり ㊛

偶然因為避雨，而在青山（P.036）某間店裡漫無目地閒聊的紀錄片風格小說。「我」和以前曾採訪過自己的女性編輯者重逢，聽她說她收了錢而和五名男性上床的故事。能感受到泡沫時期那種慵懶感的作品。收錄於《迴轉木馬的終端》（P.056）。

阿美寮

阿美寮

登場於《挪威的森林》（P.125），為直子（P.120）入住的療養設施。設定上位於京都的深山裡，但實際上不存在。在電影《挪威的森林》中，擁有美麗廣大草原的兵庫縣神河（かみかわ，kamikawa）町砥峰（とのみね，tonomine）高原成了外景地點。

下雨天的女人 #241・#242（暫譯）

Rainy Day Women #241· #242 ／
雨の日の女 #241· #242 ㊛

作品的標題引用自鮑比・狄倫（P.147）的樂曲《下雨天的女人》（原文歌名為《Rainy Day Women#12&35》）。村上曾針對本短篇闡述「我想要試著描寫雨天午後那種如無色彩素描般的文章。沒有特別的主軸。什麼都還沒開始」。收錄於《村上春樹全作品 1979 ～ 1989 ③》。

美國新好萊塢電影

American New Cinema ／
アメリカン・ニューシネマ

誕生於1960年代後半的美國電影新運動。村上的早稻田大學畢業論文為〈美國電影中的旅行觀〉（暫譯，アメリカ映画における旅の思想），論述美國新好萊塢電影和電影《逍遙騎士》。村上在該論文中，提到「在美國文化中，移動的感覺是一大特色」。一般認為有老鼠（裡佐）登場的電影《午夜牛郎》等也對村上的作品帶來極大影響。

無有

aranai／あらない

登場於《刺殺騎士團長》（P.063）中的角色——騎士團長的特殊口吻。將日文中的「ない（nai）」說成「あらない（aranai）」。作家川上未映子（P.061）對村上的長篇訪談《貓頭鷹在黃昏飛翔》（P.159）之廣告標語，就詼諧模仿成「無有單純的訪談（ただのインタビューではあらない）」。

有什麼放什麼的義大利麵

Available-to-eat Pasta／ありあわせのスパゲティー

村上在學生時期很頻繁製作的簡單料理。在《村上朝日堂》（P.160）中寫到，將冰箱裡剩下的東西全部和剛煮滾的義大利麵拌在一起。不過，若想像村上作品中主角時常製作的義大利麵料理，總感覺是很好吃的。

艾莉絲・孟若

Alice Munro／アリス・マンロー ㊇

2013年榮獲諾貝爾文學獎（P.125）的加拿大作家。在戀愛小說集《精選戀愛故事10篇（暫譯）》（P.069，Ten Selected Love Stories）中，村上翻譯了她的〈傑克蘭達飯店〉（暫譯，The Jack Randa Hotel），並闡述「一面像深深挖掘般描寫女性的心理，卻幾乎無法感受到文章中所謂像『女人味』一樣的事物」。

或／或者

or／あるいは

村上作品中常見的接續詞。例如短篇《飛機——或者他怎麼像在念詩般自言自語呢》（P.132）及《村上春樹雜文集》（P.162）中收錄的散文〈所謂自己是什麼？（或美味的炸牡蠣吃法）〉等，在作品標題中頻繁出現。

特別的聖誕節

One Christmas／あるクリスマス ㊞

楚門・卡波提（P.117）撰寫年幼時聖誕節回憶的自傳性作品。和1956年的《聖誕節的回憶》（P.067）有所淵源的故事，少年巴弟和分居的父親一起度過聖誕節。在1982年其父親過世沒多久後撰寫，為卡波提人生最後的作品。封面裝幀畫為山本容子的銅版畫。

文藝春秋，1989年

Arne 雜誌
Arne／アルネ

由大橋步（P.051）親自包辦企劃、編輯、攝影、取材等所有作業的傳說級雜誌。在10號（2004年12月發行）的特輯〈拜訪村上春樹宅邸〉中，刊載了許多村上宅邸的珍貴照片。連寫作桌、唱片架、廚房都有揭露，相當難得，為粉絲必帶的一本書。

IO GRAPHIC
2004年

阿爾發城
Alphaville／アルファヴィル

法國電影導演尚盧・高達著手監製的1965年電影。以被電腦控制，沒有感情之人所生活的大型都市阿爾發為舞台。在這裡，流眼淚的人會被公開處刑。高盧親自起名為「實驗性、藝術性、冒險性、半SF」的批判文明電影。在《黑夜之後》（P.038）中有出現名為「阿爾發城」的汽車旅館，由此可知對該作品的世界觀也造成很大影響。

愛快羅密歐
Alfa Romeo／アルファロメオ

義大利的汽車製造商。村上貌似也有一段時期乘坐愛快羅密歐的敞篷車——蜘蛛。在《1Q84》（P.043）中，青豆（P.035）和中野步兩人發生一夜情對象的車子，也是愛快羅密歐。

阿爾弗雷德・伯恩鮑姆
Alfred Birnbaum／アルフレッド・バーンバウム㊅

1980年代到90年代翻譯村上春樹初期作品的美國日本文學翻譯家。以初期的四部作品《聽風的歌》（P.058）、《1973年的彈珠玩具》（P.097）、《尋羊冒險記》（P.134）、《舞・舞・舞》（P.109）為首，翻譯了許多作品，使村上春樹的名字流傳到海外讀者。在著手翻譯的村上作品當中，本人貌似最喜歡《世界末日與冷酷異境》（P.097）。

Alfred Birnbaum

安西水丸

Mizumaru Anzai ／安西水丸㊇

與村上為名拍檔的知名插畫家。村上從經營爵士咖啡廳「彼得貓」（P.133）的時代開始就與其有所交流，交情匪淺。村上曾說「對我而言，他是個如同靈魂兄弟一般的人」。時常於小說中登場的「渡邊昇」或「ワタナベノボル（平假名的渡邊昇）」，就是以安西水丸的本名為源頭。以《村上朝日堂》（P.160）系列為首，共同著有《象工場的 HAPPY END》（P.099）、《蘭格漢斯島的午後》（P.174）、《日出國的工場》（P.132）、《村上歌留多——白兔美味的法國人（暫譯）》（P.161，村上かるたうさぎおいしーフランス人）等許多作品。村上網頁的 CD-ROM 版本《夢想的漫遊城（暫譯）》（P.082，夢のサーフシティー）和《斯麥爾佳科夫對織田信長家臣團（暫譯）》（P.081，スメルジャコフ 織田信長家臣 ）中，收錄了兩人的直接對談。於2014 年過世。

地下鐵事件

Underground ／アンダーグランッド㊫

村上採訪了62 名地下鐵沙林事件的被害者和關係人後，所統整的非虛構式文學作品。村上在2013 年於京都大學百周年計時台紀念館舉行的公開訪談中，曾提到「我採訪了某位親屬約三小時，回去時也哭了一小時。寫這本書對我而言是個很大的體驗，（這會讓我）回想起寫小說的時期」。

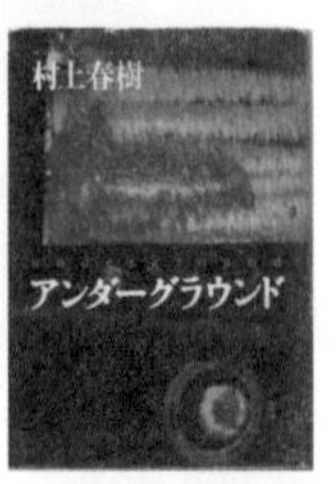

講談社，1997 年

漢斯・克里斯汀・安徒生文學獎

The Hans Christian Andersen Literature Award ／アンデルセン文学賞

2007 年創立的丹麥文學獎。過去曾有《牧羊少年奇幻之旅》的作者保羅・科爾賀、《哈利波特》系列的作者 J.K. 羅琳等人受獎。2016 年榮獲此獎項的村上引用了安徒生的小說《影子》，發表演講:「然而一旦把影子排除，將只會剩下淺薄的幻想，不會帶來影子的光，不是真正的光」。

《影子》漢斯・克里斯汀・安徒生／著
長島要一／譯　約翰·雪萊／繪
評論社，2004 年

and Other Stories —珍本美國小說 12 篇（暫譯）

and Other Stories ／ and Other Stories —とっておきのアメリカ小説12 篇 ㊙

村上春樹、柴田元幸（P.085）、畑中佳樹、齋藤英治、川本三郎分別翻譯美國短篇小說的文集。村上譯了〈莫卡辛電報〉（暫譯，Moccasin Telegraph and Other Stories，W. P. Kinsella）、〈我們並沒有在一起〉（暫譯，We Are Not in This Together，威廉・基特翠奇）、〈你的故事〉（暫譯，What's Your Story，隆・納蘇克尼克）、〈塞繆爾／活著〉（暫譯，Samuel ／ Living，格拉斯・佩利）。

文藝春秋，1988 年

安東・契訶夫

Anton Pavlovich Chekhov／アントン・チェーホフ㊇

著有知名四大名曲《海鷗》、《凡尼亞舅舅》、《三姊妹》、《櫻桃園》，為代表俄羅斯的劇作家、小說家。村上為受到其影響的作家之一，甚至在《村上朝日堂是如何鍛鍊的》（P.160）中，他還有寫到會帶去旅行的書籍就是《契訶夫全集》等等。在《1Q84》（P.043）之中，就有這樣的場面——天吾（P.113）拿起了契訶夫的遊記《薩哈林島》，朗讀了有關原住民吉利亞克人的記述，並回憶起他的名言:「小說家不是解決問題的人，是提起問題的人」。

い

Yesterday

Yesterday／イエスタデイ㊡

主角的朋友「木樽（きたる，kitaru）」以關西腔唱披頭四的歌曲《Yesterday》一景成了話題。在本篇中曾出現這句台詞:「比方說沙林傑的作品中，《法蘭妮與卓依》（P.142）就沒有出版用關西腔翻譯的吧？」村上曾說過一直想「將卓依的口吻翻成關西腔」，因為無法做到而欲求不滿，才寫了這篇短篇故事。不過在出版單行本時，關西腔的《Yesterday》歌詞大部分都被刪掉了。收錄於《沒有女人的男人們》（P.053）。

偉大的戴思瑞福（暫譯）

The Great Dethriffe／偉大なるデスリフ㊫

美國作家 C. D. B Bryan 所著，為《大亨小傳》（日譯也翻成偉大なるギャツビー）（P.068）的詼諧模仿小說。充滿對費茲傑羅（P.091）的致敬，以翻譯者村上為首，是讓大亨小傳粉絲們心癢難耐的作品。

新潮社，1987 年

1Q84

1Q84／1Q84 ㊐

以喬治・歐威爾的近未來小說《1984 年》為範本，描寫「近過去」的長篇小說。主角「天吾（てんご，tengo）」（P.113）和「青豆（あおまめ，aomame）」（P.035）進入了和過去1984 年世界有著些微差異的1Q84 年世界，遭遇了各式各樣的事件，時隔二十年終於重逢。位於三軒茶屋附近的首都高速公路緊急樓梯，是前往另一個世界—— 1Q84 的入口。村上曾說過，這是以〈四月某個晴朗的早晨遇見100% 的女孩〉（P.083）為原型的作品。

新潮社，2009 年（BOOK1／BOOK2）、2010 年（BOOK3）

獨角獸

unicorn／一角獣

姿態像馬一般，如同其名，是種頭上有一隻角的傳說動物。在《世界末日與冷酷異境》（P.097）中，獨角獸和獨角獸的頭骨作為連接兩個平行世界的重要象徵而登場。村上所經營之爵士咖啡廳「彼得貓」（P.133）附近的明治神宮外苑聖德紀念繪畫館前，建有獨角獸的銅像。

意念

idea／イデア

在希臘文中意指「可見的事物、姿態與型態」。在柏拉圖的哲學中，用以表示透過理性所認知到的「真正的實在」。在《刺殺騎士團長》（P.063）的〈第1部：意念顯現篇〉之中，以身高約六十公分左右的「騎士團長」身影出現。他有著不可思議的說話口吻，會對單數的人們稱之為「諸君」，也會用「あたし（女生自稱的我）」、「～ではあらない（無有）」（P.040）。

井

well／井戸

在村上的作品中，經常會使用「下到井底」的表現方式。所謂井，就好比通往心底深處的窗戶那般，也是前往集體潛意識的入口。在《聽風的歌》（P.058）之中，就有提到火星的井。在作品《1973年的彈珠玩具》（P.097）中，則是掘井人。作品《尋羊冒險記》（P.134）、《挪威的森林》（P.125）、《人造衛星情人》（P.096）中也不斷出現井這個詞，而《發條鳥年代記》（P.124）中的枯井，更成為解開故事謎題的重要關鍵。

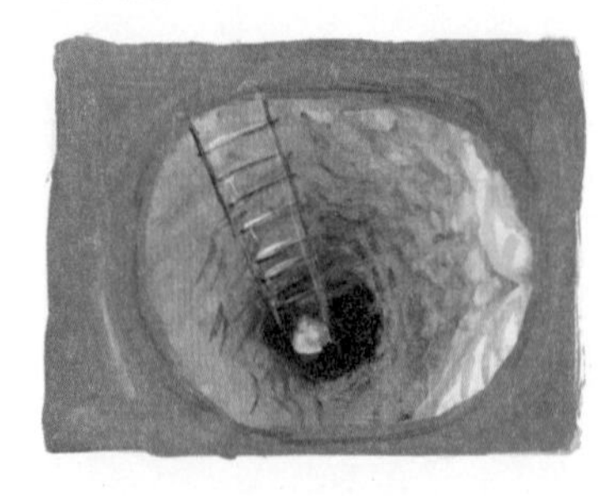

糸井重里
Shigesato Itoi／糸井重里 ㊟

主導「HOBO日刊糸井新聞」(通稱「HOBO日」) 的撰稿人。《夢中見》(P.170) 為村上春樹和糸井重里以片假名外來語為主題競爭創作的極短篇集。兩人同學年，糸井比村上大兩個月。在電影《挪威的森林》中出演大學教授的角色。

貝比先生與貝比小姐（暫譯）
Mr. and Mrs. Baby and other stories／犬の人生 ㊟

代表美國的詩人——馬克・斯特蘭德 (P.154) 的異色處女小說集。「在原野中／只欠缺了／我那部分的原野。／無論何時／皆是如此。／無論何地／我皆是那欠缺的部分。」——村上對以此為開頭的詩作相當有興趣，並負責翻譯。他解說此短篇集比起故事性，語氣占了更大意義，接近「散文式口語」。

中央公論新社
1998年

伊曼努爾・康德
Immanuel Kant／イマヌエル・カント ㊟

在《1973年的彈珠玩具》(P.097) 中，主角為配電盤舉行喪禮 (P.126) 時，引用康德的《純粹理性批判》中一小節來祈禱。他朗誦「哲學的義務是……去除因誤解而生的幻想」，並將配電盤沉進蓄水池裡。

為了現在已經死去的公主
Now for the Deceased Princess／今は亡き王女のための ㊟

如天才般擅長傷害他人情緒的某女子的故事。標題取自於莫里斯・拉威爾的鋼琴曲《悼念公主的帕凡舞曲》。在《挪威的森林》(P.125) 中，最後有位玲子姊 (P.177) 用吉他彈這首曲子的場面，村上此時寫述說〈獻給逝去公主的孔雀舞〉。收錄於《迴轉木馬的終端》(P.056)。

給我搖擺，其餘免談
If It Ain't Got That Swing, It Don't Mean a Thing／意味がなければスイングはない ㊟

村上首部真正的音樂散文，從舒伯特 (P.087) 到爵士樂的巨星史坦蓋茲 (P.095)、J POP的菅止戈男 (P.091)，闡述範圍廣泛。書名來自於艾靈頓公爵 (P.112) 的名曲《它並不意味著一件事 (It Don't Mean a thing)》。

文藝春秋，2005年

海豚飯店

Dolphin Hotel ／いるかホテル

登場於《尋羊冒險記》(P.134）中，位於札幌薄野周邊的旅館。正式名稱為「Dolphin Hotel」，經營者為羊博士的兒子。前身是北海道綿羊會館，空間小又沒有特色。在續集《舞・舞・舞》(P.109）中煥然一新，變成像是《星際大戰》（P.094）中祕密基地一般的巨大高樓旅館。由於羊男（P.134）居住於此，曾有粉絲前去探索，但事實上並不存在。

う

威士忌

whisky ／ウィスキー

在村上的作品中，這是連接世界這方與那方的飲品。時常會被描寫成前往異世界的祕密道具。《世界末日與冷酷異境》（P.097）中的主角「我」曾說過「威士忌這東西最先是應該先凝神注視一番的。等到看飽了之後再喝。和女孩子一樣」。對曾經營過爵士咖啡廳的村上來說，這是極為熟悉的存在，並著有巡禮威士忌聖地的旅行遊記《如果我們的語言是威士忌》（P.164）。

維根斯坦

Ludwig Josef Johann Wittgenstein ／ヴィトゲンシュタイン ㊇

奧地利維也納出身的哲學家。在《1Q84》（P.043）中，Tamaru（P.108）曾引用過他的話:「自我一旦被生在這個世界，就只能以承擔倫理的人活下去別無選擇」。村上在報紙上的《1Q84》訪談中，曾表示後期他受到了維根斯坦的「私有語言論證」概念影響。

走，不要跑（暫譯）

Walk, Don't Run ／ウォーク・ドント・ラン ㊚

村上春樹29歲，村上龍（P.163）26歲時的對談集。正式名稱為《Walk, Don't Run 村上龍 VS 村上春樹》。當時，村上一邊經營爵士咖啡廳一邊寫小說。代表日本的兩位小說家在新人時期對談，收錄了許多現今很珍貴的故

講談社，1981年

事。若把書名翻成英文為「走吧，不準跑」，意思如同日文的諺語「欲速則不達」。來自於搖滾樂團——投機者樂團的曲子。

伏特加湯尼

wodka tonic ／ウォッカ・トニック

在《挪威的森林》（P.125）裡，主角渡邊和女朋友綠（P.158）從大白天開始，就在位於新宿的爵士咖啡廳「DUG」（P.106）中喝了五杯伏特加湯尼的場景極為知名。順帶一提，據說村上本身也很喜歡喝用沛綠雅稀釋伏特加後再配上鮮榨檸檬的飲品，還取了「SIBERIAN EXPRESS（西伯利亞鐵路）」的名字。

雨月物語

Tales of Moonlight and Rain ／雨月物語

江戶時代的國學者——上田秋成所著的怪異小說集。在《海邊的卡夫卡》（P.048）中，就有出現「菊花之約（ちぎり）」和「貧富論」，該古典作品影響了現實與非現實境界相互交雜的村上文學。順帶一提，在《刺殺騎士團長》（P.063）中，也有引用上田秋成的《春雨物語》。

《新版雨月物語 全譯註》
青木政次／譯註
講談社學術文庫
2017 年

牛河

Ushikawa ／牛河 ㊜

登場於《1Q84》（P.043）中，為頭頂部分呈現扁平狀的前律師，牛河利治（うしかわとしはる）。他會承包不能拿上檯面的內幕工作，並在宗教團體「先驅」（P.078）的命令下接近天吾（P.113）。在《發條鳥年代記》（P.124）之中，他也做為主角的義兄——綿谷昇（P.182）的祕書登場。

尋找漩渦貓的方法

Uzumaki-Neko no Mitsukekata ／うずまき猫のみつけかた ㊔

村上1993～95年住在美國劍橋時的旅居遊記。安西水丸（P.042）和陽子夫人以繪畫和照片的形式參與本書，為圖像日記風格的散文集。街道那迎接波士頓馬拉松的高漲風情、「貓看了也會呵呵笑的錄影帶」的驚異效果、年末時車子被偷而困擾不已的故事等等，有許多祥和的故事。

新潮社，1996 年

內田樹

Tatsuru Uchida ／內田樹 ㊟

哲學研究家、思想家、武道家，在神戶市

掌管為學習武道、哲學研究的學塾「凱風館」。從處女作《聽風的歌》(P.058) 上市時就是知名的村上粉，著有能夠輕鬆理解村上文學魅力的解明文藝評論《當心村上春樹》、《再次當心村上春樹》(暫譯，もういちど村上春樹にご用心)(皆為 ARTES PUBLISHING 出版)。

雨天炎天

In the Holy Mountain, on the Turkish road ／雨天炎天 ㊣

松村映三／拍攝
新潮社，1990 年

由希臘篇、土耳其篇兩部組成的遊記。希臘篇為巡禮之旅，走訪因禁止女人而廣為人知的希臘東正教聖地亞陀斯。土耳其篇則是開著車，花二十一天繞行土耳其一周。還造訪了謠傳會游泳的貓——凡貓所在的東安那托利亞地區等邊境。

海邊的卡夫卡

Kafka on the Shore ／海辺のカフカ ㊝

決心「要成為世界上最強悍的 15 歲少年」的我——田村卡夫卡（P.108）和可以與貓交談的中田先生（P.120）像是被什麼給引導一般，以四國為目標。在法蘭茲・卡夫卡（P.142）的思想影響之下，採用希臘悲劇伊底帕斯王的故事以及《源氏物語》、《雨月物語》(P.047) 等日本古典文學的長篇小說。由演出家蜷川幸雄（P.122）改編成舞台劇。2005 年被選為《紐約時報》的「年度十大好書」，2006 年榮獲「世界奇幻獎」，成為村上文學提高國際間評價的契機。

新潮社，2002 年

え

畫

illustration ／絵

2016 年時，從與佐佐木 Maki（P.078）、大橋步（P.051）、和田誠（P.183）、安西水丸（P.042）的共同作品中，以「畫」為主題於東京知弘美術館舉辦解讀村上作品魅力的企畫展「村上春樹與插畫家」。村上在小學低年級時，曾在居住於夙川（しゅくがわ，syukugawa）的畫家——須田剋太的繪畫教室中學畫。「把事物套在框架中是不好的哦。脫離框架畫吧」——對於其建議，他至今依然記憶猶新。此外，村上最新作品《刺殺騎士團長》(P.063) 的主角為畫家，成了首部以畫為中心思想的小說。

《村上春樹與插畫家—佐佐木 Maki、大橋步、和田誠、安西水丸》
NANAROKU 社，2016 年

電影

movies ／映画

1980 年代初期，村上會於雜誌《太陽》上寫影評。據說在過去就學於早稻田大學戲劇科的時期，他只要有時間，就會在大學的演劇博物館裡讀電影的劇本。他列舉《蓬門今始為君開》和《日正當中》為看幾遍都不會膩的電影，曾說過「這能夠讓我感到『自己也得努力才行』」。此外，《現代啟示錄》也是他最喜歡的作品，貌似已經看了二十遍以上。

關於電影的冒險（暫譯）

A Wild Movie Chase ／映画をめぐる冒険 ㊔

村上春樹、川本三郎共筆的電影散文集。根據年代統整264部電影解說，村上寫了154部，川本寫110部。

講談社，1985年

請別逞英雄（暫譯）

No Heroics, Please ／英雄を謳うまい ㊙

瑞蒙・卡佛（P.177）的全集第七卷，為整理了初期短篇、詩、散文、書評與最後的散文的一本書。還有「闡述自作」的散文等，適合想要透徹體驗卡佛作品的人。

中央公論新社
2002年

車站

station ／駅

作為都市的迷宮，車站在村上作品中擔任了重要角色。《沒有色彩的多崎作和他的巡禮之年》（P.084）的主角多崎作（P.107）很喜歡車站，在鐵道公司擔任設計車站的工作。他尤其喜歡JR新宿站。在故事的最終章，他曾說「新宿車站是巨大的車站。一天總共有將近三百五十萬人次通過這個車站……簡直就是個迷宮」。

NHK

Nippon Hoso Kyokai ／ NHK

《1Q84》（P.043）的主角——天吾（P.113）的父親是NHK的收費員。在帶著小孩去會比較好徵收的意圖之下，天吾到處被父親帶去收費，就這樣長大成人。青豆（P.035）潛藏的家裡面也有出現收費員，被描寫成巨大的權利與體制象徵。在現實中，NHK也製作了NHK廣播「用英文來讀村上春樹（暫譯，英語で読む村上春樹）」、教育頻道「全世界都在讀的村上春樹～跨越境界的文學～（暫譯，世界が読む村上春樹～境界を越える文学～）」等節目。

《用英文來讀村上春樹
全世界的日本文學》
2017年3月號
NHK出版，2017年

Elvis Aron Presley

艾維斯・普里斯萊

Elvis Aron Presley ／エルヴィス・プレスリー（人）

美國夢的象徵性存在。《聽風的歌》（P.058）中的「我」和初次約會的女性，就是去看艾維斯・普里斯萊主演的電影。在《沒有色彩的多崎作和他的巡禮之年》（P.084）中，曾有一幕是作（P.107）回想起來電鈴聲的曲名，原來是艾維斯・普里斯萊的《拉斯維加斯萬歲！》。

耶路撒冷獎

Jerusalem Prize ／エルサエム賞

在耶路撒冷國際書展上會表彰的文學獎，正式名稱為「路撒冷社會中之個人自由獎」。村上於2009年受獎，在演講中引用了「牆和蛋」（P.060）的隱喻，批判耶路撒冷的戰爭與暴力行為。關於沒有拒絕受獎的理由，他曾說是「因為和過去不同，我心中湧出了某種類似責任感的產物。會讓我有這種想法，果然是因為寫了《地下鐵事件》（P.042）之後呢」。

嘔吐1979

Nausea1979 ／嘔吐1979（短）

此故事描述一名身為古老唱片收藏者的年輕插畫家，很喜歡和朋友的戀人與夫人發生關係。他經歷了一段不可思議的體驗——從1979年6月4日到7月14日的這40天不斷感到噁心想吐，在這段期間，更有名從未謀面的男人每天打電話來。收錄於作品《迴轉木馬的終端》（P.056）。

大眠

The Big Sleep／大いなる眠り ㊞

雷蒙・錢德勒（P.177）的處女作小說，1939年發行，是以私家偵探菲利普・馬羅為主角的長篇系列第一作。後來也改編成亨弗萊・鮑嘉主演的電影《夜長夢多》。

早川書房，2012年

村上收音機2：大蕪菁、難挑的酪梨

Murakami Radio2／おおきなかぶ、むずかしいアボカド　村上ラジオ2 ㊢

村上春樹與大橋步（P.051）合力撰寫，能讓你放鬆享受的日常散文「村上收音機」（P.163）系列第二彈。與「大蕪菁」關係匪淺的俄羅斯跟日本的童話不同之處，以及預測酪梨熟成時機的困難點等等，收錄52篇故事。

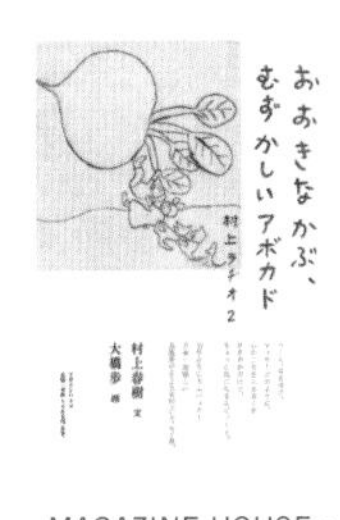

MAGAZINE HOUSE，2011年

愛心樹

The Giving Tree／おおきな木 ㊞

謝爾・希爾弗斯坦（P.083）的世界知名繪本，因村上的翻譯而登場。總是在那兒的蘋果樹，與隨著成長而改變的少年。即便如此，樹木依然不吝嗇地給予著愛。原作的其中一文"And the tree was happy…but not really"，村上翻譯成「於是樹感到幸福…是不可能的吧（それで木はしあわせに…なんてなれませんよね）」。

ASUNARO書房
2010年

大島先生

Ms. Oshima／大島さん ㊜

登場於《海邊的卡夫卡》（P.048）中的甲村紀念圖書館（P.071）管理員，21歲。為血友病患者及性少數者。戶籍上為女性，但意識是完全的男性，曾說「但我不是女同性戀。以性的嗜好來說，我喜歡男人」。他會讓主角田村卡夫卡（P.108）住在圖書館和森林裡的山中小屋等等，照顧周到。因名言「世界是隱喻。田村卡夫卡」而出名。

大橋步

Ayumi Ohashi／大橋歩 ㊟

插畫家。掌管編纂雜誌《Arne》（P.041）等的公司「IO GRAPHIC」。1960年代，因從創刊號開始就負責日本首本年輕人雜誌《平凡PANCHI》的封面插畫而廣為人知。在《村上收音機》（P.163）系列中，她用很有韻味、線條纖細的銅版畫，繪製了兩百張以上的插畫。

和小澤征爾先生談音樂

Haruki Murakami Absolutely on Music Conversations with Seiji Ozawa／小澤征爾さんと、音楽について話をする ㊟

村上向小澤征爾詢問、錄音、製作錄音帶並整理成原稿的長篇訪談。地點橫跨東京、夏威夷和瑞士，長達一年。根據小澤先生的後記所述，似乎是因為其女兒小澤征良和村上的夫人陽子是朋友，才有緣相識。之後還發行了以本書為基礎的三片一組 CD《『和小澤征爾先生談音樂』中所聽到的古典樂》（Universal Music），村上加筆寫了封套內容介紹。

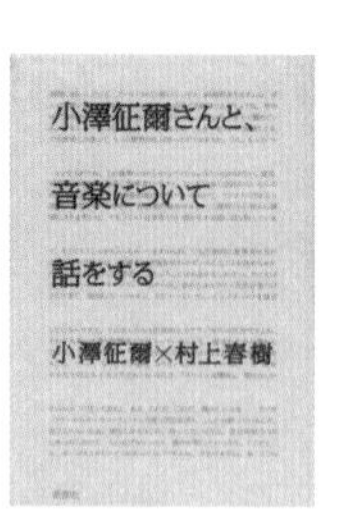

新潮社，2011 年

憶爺爺（暫譯）

I Remember Grandpa／おじいさんの思い出 ㊟

由當時22歲，年輕時的楚門・卡波提（P.117）撰寫兒時回憶的自傳式作品。最初期的短篇，而原稿就這樣交給了卡波提的叔母，被遺忘了四十年。使用了大量用山本容子銅版畫製作的插畫，非常美麗。

文藝春秋，1988 年

耬斗菜酒之夜（暫譯）

Night of Odamakizake／おだまき酒の夜 ㊟

在雜誌《Short Short Land》的專欄——「從美女出題的三個詞彙來創作故事」中，因秋吉久美子小姐所出之題目「岸邊」、「今夜」、「小瓶」而誕生出來的小故事，描寫和兩隻名為「耬斗菜」的生物在古井旁飲酒。收錄於《村上春樹全作品1979～1989⑤》。

小田原

Odawara／小田原 ㊟

《刺殺騎士團長》（P.063），是主要以神奈川縣小田原市山中某日本畫家之畫室為舞台所展開的故事。有對土地的詳盡描寫，如「近衛文麿的別墅」和垃圾車的歌是蘇格蘭民謠《安妮蘿莉》等。在《舞・舞・舞》（P.109）之中，也有出現主角「我」和雪（P.169）去小田原玩的場景。

跳舞的小矮人

The Dancing Dwarf／踊る小人 ㊟

從開頭的一行字「一個小矮人在我夢中出現，他問我要不要跳舞」發展下去的小品故事。主角「我」在製造大象的大象工廠工作。有一天，我為了得到一位漂亮的女孩，把小矮人放進身體裡，在舞會上跳舞後……收錄於《螢・燒穀倉・其他短篇（P.147）。

The Dancing Dwarf

音樂

music ／音楽

據說關於文章的技巧，村上幾乎都是從音樂學來的。在《村上春樹雜文集》（P.162）中，他曾說過「無論音樂或小說，最基礎的東西就是節奏。文章如果沒有自然而舒服，而且確實的節奏的話，人們可能無法繼續讀下去。節奏這東西我是從音樂（主要是從爵士樂）學來的 」。

沒有女人的男人們

Men Without Women ／女のいな男たち ㊜

描述因為各種情事而被女性拋棄的男人們的故事。收錄作品有〈Drive My Car〉（P.117）、〈Yesterday〉（P.043）、〈獨立器官〉（P.114）、〈雪哈拉莎德〉（P.082）、〈木野〉（P.064），以及描寫從女朋友 M 之丈夫的電話中得知過去的情人自殺，以加筆形式所寫的〈沒有女人的男人們〉共六篇。罕見的是，其前言篇幅很長。為收錄於單行本，〈Drive My Car〉中的地名「中頓別町（なかとんべつちょう，nakatonbetsucyou）」（P.120）變更成了「上十二瀧町」，而〈Yesterday〉中關於披頭四（P.135）歌詞的關西腔翻譯幾乎都刪掉了。

文藝春秋，2014 年

野狼（暫譯）

Hombre ／オンブレ ㊟

收錄美國作家埃爾莫爾・倫納德初期的兩本西部劇小說。《Hombre》拍成電影《野狼》（1967 年），《Three-Ten to Yuma》則是拍成電影《3:10 to Yuma》（1957 年）和重製版《決戰3:10》（2007 年）。

新潮文庫，2018 年

村上食堂

（料理究竟是如何滿足讀者的胃袋和心呢？）

村上的作品是「閱讀式餐廳」。無論何時，看來皆美味無比的食譜寶庫。
主角會用冰箱裡所有的現成食材，一下子就做好義大利麵〔意大利麵〕
或三明治〔三文治〕。
而看完書後，你鐵定會想吃。
春樹料理，是填滿讀者胃袋與心靈空隙的重要記號。

像樣的漢堡
まともなハンバーガー
《舞・舞・舞》

在夏威夷的海灘游完泳後，「我」和雪一起去吃。「稍微散步一下再去吃個像樣的漢堡吧。肉脆脆的還會有肉汁，番茄醬徹底不用客氣，夾有美味而起焦的鮮脆洋蔥的真正漢堡。」

鱈魚子奶油義大利麵
たらことバターのスパデティー
《尋羊冒險記》

在追著老鼠後好不容易抵達的北海道別墅裡，「我」所做的義大利麵。「我把打蠟用過的六片抹布洗好拿到外面晾之後，便在鍋裏燒點開水煮義大利麵。放了一大堆鱈魚子、奶油還有白葡萄酒和醬油。好久沒有這麼舒服地慢慢吃一頓午餐了」。

海苔捲黃瓜〔青瓜〕
きゅうりののり き
《挪威的森林》

在拜訪綠住院的父親時，「我」所創作的料理。「我到洗手間去把三根小黃瓜洗了，然後在小碟子上裝一點醬油，用海苔把小黃瓜捲起來，沾醬油咯啦咯啦地吃起來。／『好好吃噢。』我說。『既簡單、又新鮮，有生命的清香，很好的小黃瓜噢，比什麼奇異果都正點的食物。』」。

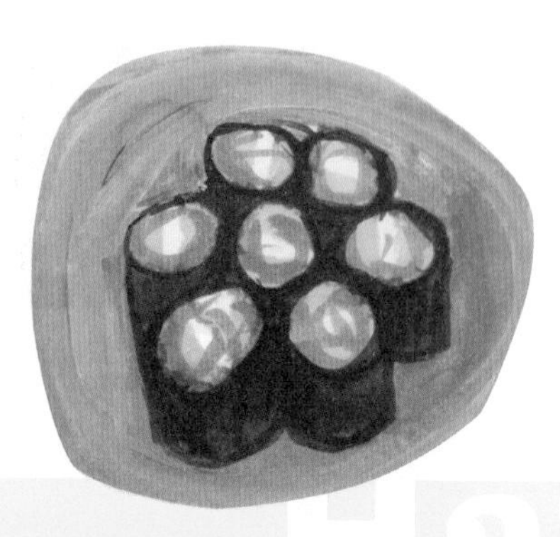

column 01 foods

牛肉三明治
コーンビーフのサンドウィッチ
《聽風的歌》

在某個炎熱夏日的夜晚，等待老鼠的「我」在傑氏酒吧點的菜色。「我點了啤酒和牛肉三明治，拿出書來，決定慢慢等老鼠」。最能想像得到卻意外沒吃過的「牛肉三明治」，是村上迷想要嘗試做一次看看的菜單之一。

新鮮番茄醬煮香腸佐沙拉和法式麵包
ストラスブルグ・ソーセージのトマト・ソース煮込み
《世界末日與冷酷異境》

「我」和圖書館裡負責查詢書單的女性一起吃的早餐。「我在鍋裏放水煮開，從冰箱裡拿出番茄燙過剝皮，把大蒜和現成的青菜切細做成番茄醬，加上番茄泥，再加上德國香腸咕滋咕滋地煮透」。本以為這個香腸沒什麼地方在賣，沒想到就在青山的超市紀之國屋買到了。

完美的歐姆蛋（蛋包飯）
完璧なオムレツ
《刺殺騎士團長》

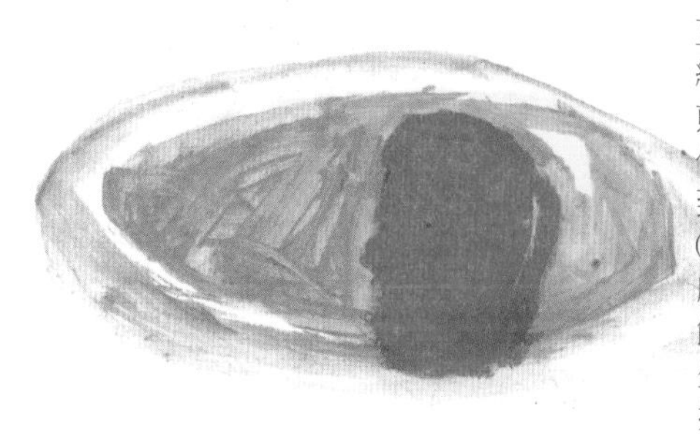

正如同《尋羊冒險記》中有這麼一句經典台詞:「因為好的酒吧供應好吃的煎蛋捲和三明治啊」，村上還有著蛋包飯專用的平底鍋，甚至喜歡蛋包飯到把帝國飯店的料理長「廚房之父」（村上信夫）當成是心靈導師。在《挪威的森林》中「我」吃了「洋菇蛋包飯」，在《海邊的卡夫卡》則是中田先生做了「放青椒的煎蛋包（蛋包飯）」。接著在最新作《刺殺騎士團長》中，免色用了四個蛋和小平底鍋，嘗試做了「完美的歐姆蛋」。

鸊鷉

dabchick／かいつぶり㊛

和鴨子相似，被分類於「鸊形目鸊鷉科鸊鷉屬」的鳥。主角「我」好不容易找到工作，在第一天上班那天敲了公司的門後，裡面就出現了一名男性的身影，說需要暗號……「手掌上的鸊鷉」等，意義不明的對話讓人感受到魅力，為不合乎常理的極短篇。收錄於《看袋鼠的好日子》(P.062)。

迴轉木馬的終端

Dead Heat on a Merry-Go-Round／回転木馬のデッド・ヒート㊝

每個故事都從他人口中聽來的「聽寫小說」風格短篇集。標題為1966年的美國電影《現金大作戰》原標題「Dead Heat on a Merry-Go-Round」直譯而來。順帶一提，在《世界末日與冷酷異境》(P.097)之中，有個寫到「那簡直就像騎在迴轉木馬上往前衝刺一樣。誰也不能超越別人，誰也不會被人超越，只能到達同樣的地方」的小節。收錄作品有〈前言・迴轉木馬的終端〉、〈雷德厚森〉(P.179)、〈計程車上的男人〉(P.106)、〈游泳池畔〉(P.143)、〈為了現在已經死去的公主〉(P.045)、〈嘔吐1979〉(P.050)、〈避雨〉(P.039)、〈棒球場〉(P.168)、〈獵刀〉(P.131)。

講談社，1985年

卡佛的國家：瑞蒙・卡佛的世界（暫譯）

Carver Country : the World of Raymond Carve／カーヴァー・カントリー㊟

瑞蒙・卡佛（P.177）將年少時期熟悉的華盛頓州自然風景以及成為作品舞台的酒吧、摩鐵、登場人物們的照片等整理成約80張的攝影集。還刊載了未曾發表的私人信件。

中央公論社，1994年

青蛙老弟，救東京

Super-Frog Saves Tokyo／かえるくん、東京を救う㊛

在任職於信用金庫的平凡上班族片桐面前，某天，突然出現了巨大的「青蛙」。接著，青蛙拜託自己和他一起拯救東京。戰鬥的對手，是沉睡於東京地底下的「大蚯蚓」。為用法國連環漫畫所閱讀的村上春樹系列作品《HARUKI MURAKIMI 9 STORIES》，由法國藝術家改編成漫畫。收錄於《神的孩子都在跳舞》(P.060)。

鏡

The Mirror／鏡㊛

在新潟縣某國中夜巡時，「我」感受到在黑暗中看見了某種身影。那是鏡子。然而，鏡中的「我」並不是「我」。此為描述鏡子恐怖體驗的作品，村上曾說「我好像總會像宿命一般，超容易被鏡子、雙胞胎、雙重這類事物給吸引」。也是被採用

於日本國文教科書中的作品。收錄於《看袋鼠的好日子》（P.062）。

笠原 May

Mei Kasahara／笠原メイ ㊧

登場於《發條鳥年代記》（P.124）中的高中生。住在主角岡田亨家的附近。在假髮工廠打工，也不去學校，喜歡在家的庭院裡做日光浴、觀察屋子的後巷。名為笠原 May 的人物也有在短篇集〈雙胞胎與沉沒的大陸〉（P.141）和《村上朝日堂超短篇小說 夜之蜘蛛猴》（P.160）中的〈鰻魚〉登場。

石黑一雄

Kazuo Ishiguro／カズオ・イシグロ ㊇

2017 年榮獲諾貝爾文學獎（P.125），聲名大噪，為居住在倫敦的日籍英國人小說家。因《長日將盡》而榮獲布克獎。《別讓我走》於2014 年因蜷川幸雄（P.122）的演出改編成舞台劇，2016 年改編為電視劇，造成話題。與其有交情的村上時常會列舉他為自己喜歡的作家，在《村上春樹雜文集》（P.162）中曾說過「身為一個小說讀者，能擁有石黑一雄這樣的同時代作家，是很大的快樂」。

火星的井

Mars well／火星の井戸

《聽風的歌》（P.058）中主角「我」最受影響的架空作家——戴立克・哈德費爾（P.113）的其中一部作品。描述一名青年，潛進了火星地表下被挖掘無數的「無底深井」裡。

Mars well

聽風的歌

Hear the Wind Sing／風の歌を聴け ㊰

本故事描寫迎接二十幾歲最後一年的主角「我」回想起1970年的夏天。「我」在傑氏酒吧（P.082）中和朋友「老鼠」（P.124）共喝了25公尺長游泳池整池那麼多的啤酒度過。1978年4月1日，據說村上在神宮球場（P.090）看棒球時突然想要寫小說，每天半夜花一小時，耗時將近四個月才寫完。他透過本處女作榮獲群像新人文學獎（P.068）。封面為佐佐木Maki（P.078）所繪，村上曾說「這個封面無論如何都必須是佐佐木Maki繪製的才行」。1981年，由其同鄉且為蘆屋市立精道中學後輩的大森一樹導演翻拍成電影。

講談社，1979年

卡蒂薩克

Cutty Sark／カティサーク

帆船為其象徵標誌的蘇格蘭威士忌，為村上作品中最常出現的威士忌（P.046）。在《象工場的HAPPY END》（P.099）之中曾出現名為「CUTTY SARK本身的廣告」一詩，《發條鳥年代記》（P.124）裡有著內部中空的「CUTTY SARK送禮用禮盒」，至於《1Q84》（P.043）中則有男子在酒吧裡喝卡蒂薩克的場景。順帶一提，標籤上繪製的「卡蒂薩克號」船頭畫像，是身穿「短（Cutty）」「襯衣（Sark）」的女巫。

寇特・馮內果

Kurt Vonnegut／カート・ヴォネガット ㊇

影響村上初期很多的美國小說家。尤其是《聽風的歌》（P.058），簡短章節等的文章結構和他的《第五號屠宰場》（早川書房）極為相似。代表作有《泰坦星的海妖》、《貓的搖籃》、《冠軍的早餐》（皆為早川書房）等等。村上在《雨天炎天》（P.048）中，也有寫到「即使愛已消失也仍保留著親切，這是馮內果（Kurt Vonnegut, Jr.）所說的話」。

蟹（暫譯）

Carbs／蟹 ㊗

以新加坡一個海邊城鎮中，一間經營小螃蟹料理的專門店為舞台。故事描述兩個人在那間店連續吃了螃蟹三天。將短篇〈棒球場〉（P.168）裡以作中小說登場的小插曲〈蟹〉改為實際的作品，為劇中劇。以英譯版短篇集《Blind Willow, Sleeping Woman》（Khnopff 社，2006 年）的形式先行發表，之後才在短篇集《盲柳，與睡覺的女人》（P.163）中刊登日譯版本的新奇作品。

哈蘭德・桑德斯

Colonel Sanders／カーネル・サンダーズ ㊇ ㊈

肯德基（KFC）的創始人。在《海邊的卡夫卡》（P.048）之中曾出現扮相一模一樣的謎樣人物，告訴星野（P.146）「入口的石頭」的光。村上在《為了作夢，我每天早上都要醒來（暫譯）》（P.170，夢を見るために 朝僕は目 めるのです）中，曾說「我想傳達給讀者的是，像哈蘭德・桑德斯這樣的人是實際存在的」。

加納克里特

Kreta Kano／加納クレタ ㊗ ㊈

既是短篇的標題，也是登場人物的名字。在山裡一間古老的家中和姊姊加納馬爾他

（P.060）一同生活，擁有一級建築師的證照，為謎樣的美女。在《發條鳥年代記》（P.124）中，也出現了名字相同的姊妹。收錄於短篇集《電視人》（P.113）。

加納馬爾他

Malta Kano／加納マルタ ㊜

擁有不可思議的直覺，用水來當媒介的占卜師。加納克里特（P.059）的姊姊。總是戴著紅色的塑膠帽子，不收報酬。曾有過在地中海馬爾他島修行的經驗，和當地的水相性很合，故自稱「馬爾他」。

她的家鄉，她的綿羊

Her Town and Her Sheep／
彼女の町と、彼女の緬羊 ㊛

類似於《尋羊冒險記》（P.134）的原型。當作草稿一般的平行世界來看會很有趣。舞台為10月，雪花紛飛的札幌。作家「我」在拜訪朋友而去旅行的時候，於電視上看到了一位20歲左右，稱不上是美女的區公所職員。接著，我想像起她的家鄉與她的綿羊。收錄於《看袋鼠的好日子》（P.062）。

牆和蛋

Wall and Egg／壁と卵

村上的名演講，運用擅長的「牆壁」為中心思想。在耶路撒冷獎（P.050）的頒獎儀式中，他曾說「如果這裡有堅固高大的牆，有撞牆即破的蛋，我經常會站在蛋這邊」。

神的孩子都在跳舞

After the Quake／神の子どもたちはみな踊る ㊠

登場人物全部與1995年神戶（P.070）引起阪神大震災時有間接性相關。在雜誌連載時，附上了副標題「在地震之後」的連作短篇集。描繪之後的作品裡也有出現的「某種壓倒性暴力」。收錄作品有〈UFO降落在釧路〉（P.169）、〈有熨斗的風景〉（P.035）、〈神的孩子都在跳舞〉（P.060）、〈泰國〉（P.106）、〈青蛙老弟，救東京〉（P.056）、〈蜂蜜派〉（P.127）。

新潮社，2000年

神的孩子都在跳舞

All God's Children Can Dance／
神の子どもたちはみな踊る ㊛

和母親住在阿佐谷的善也在回家途中，於霞關站轉乘地下鐵時目擊了「耳垂有缺

陷」的男子，便跟在他後面。大學時代，因為跳舞方式和「青蛙」很相像而被戀人取了綽號「青蛙君」的善也，在抵達的棒球場開始跳起舞來。2008年在美國翻拍成電影。收錄於《神的孩子都在跳舞》（P.060）。

烏鴉

crow／カラス

在《海邊的卡夫卡》（P.048）中「被稱為烏鴉的少年」，是主角田村卡夫卡（P.108）在腦中想像的朋友。主角會對他說各式各樣的事。順帶一提，卡夫卡在捷克語中代表「烏鴉」。

卡拉馬助夫兄弟們

The Brothers Karamazov／カラマーゾフの兄弟

和《罪與罰》並列為杜斯妥也夫斯基（P.116）的最佳傑作，也是登場於村上作品中次數最多的小說。信仰、死亡、國家、貧窮、家人關係等，包含了各式各樣的題材，可以說是村上引以為目標的綜合小說。在《聽風的歌》（P.058）中，老鼠（P.124）曾以《卡拉馬助夫兄弟們》為範本寫小說，在《世界末日與冷酷異境》（P.097）中，主角「我」曾回憶起這部小說，談到「能夠說得出《卡拉馬助夫的兄弟們》全部兄弟名字的人到底世上有幾個？」。

新潮文庫，1978年

河合隼雄

Hayap Kawai／河合隼雄 ㊅

心理學家。專長為分析心理學（榮格心理學）。著有和村上對談生存於現代及故事可能性的書籍——《村上春樹去見河合隼雄》（P.162）。村上曾說「但我提到『故事』這個用語時，能把故事就『那樣』地以正確的形式——我所想的『那樣』的形式——物理性地總合性地接收到的人，除了河合先生之外沒有別人」。

川上未映子

Mieko Kawakami／川上未映子 ㊅

因《乳與卵（ちちとらん，chichitornn）》榮獲第138屆芥川賞的小說家。在《貓頭鷹在黃昏飛翔》（P.159）中與村上的長篇訪談成了話題。

袋鼠通信

The Kangaroo Communiqué ／カンガルー通信 ㊗

主角「我」26 歲，在百貨公司的商品管理課裡任職。「我」在動物園的袋鼠柵欄前得到了某個啟示，把對顧客客訴的回應錄在盒式磁帶裡。「我為這封信命名為『袋鼠通信』」——錄音帶的聲音持續播放。收錄於《開往中國的慢船》（P.110）。

看袋鼠的好日子

A Perfect Day for Kangaroos ／カンガルー日和 ㊎

初期的短篇集名作，相當知名。封面和插畫為佐佐木 Maki（P.078）所繪。為正方形且裝在書殼裡面的美麗書本。收錄作品有〈看袋鼠的好日子〉（P.062）、〈四月某個晴朗的早晨遇見100% 的女孩〉（P.083）、〈睏〉（P.124）、〈計程車上的吸血鬼〉（P.107）、〈她的家鄉、她的綿羊〉（P.060）、〈海驢的節慶〉（P.037）、〈鏡〉（P.056）、〈1963/1982 年的伊帕內瑪姑娘〉（P.098）、〈窗〉（P.128）、〈5 月的海岸線〉（071）〈沒落的王國〉（P.108）、〈32 歲的 DAY TRIPPER〉（P.080）、〈唐古利燒餅的盛衰〉（P.117）、〈起司蛋糕形的我的貧窮〉（P.109）、〈義大利麵之年〉（P.096）、〈鵬鷉〉（P.056）、〈南灣行——杜比兄弟「南灣行」的 BGM〉（P.078）。

平凡社，1983 年

看袋鼠的好日子

A Perfect Day for Kangaroos ／カンガルー日和 ㊗

主角「我」和「女友」在報紙的地方版上得知袋鼠生了小寶寶。有天早上，我在六點醒來，確認這是個看袋鼠的好日子後，便前往動物園。英譯版的書名《A Perfect Day for Kangaroos》是來自於 J.D. 沙林傑（P.083）的短篇小說《A Perfect Day for Bananafish》（逮香蕉魚的最佳日子）。

き

消失

disappear ／消える

在村上的作品中，女性和貓等「突然失蹤」以及「喪失感」是重要的議題。村上文學的基本結構，即是故事進展沒多久後，誰就會開始找些什麼，接著進入世界的另外一側。以《發條鳥年代記》（P.124）為首，《尋羊冒險記》（P.134）、《挪威的森林》（P.125）、《海邊的卡夫卡》（P.048）、《刺殺騎士團長》（P.063）都是一貫的套路。

記憶

memory／記憶

正如同《下午最後一片草坪》（P.072）中有句台詞為「記憶這東西就像小說一樣，或許可以說，小說就像記憶一樣」一般，「記憶」是村上作品中不可或缺的關鍵字。「因此我想，所謂的人，是不是在把記憶當作燃料活下去的呢」，是《黑夜之後》（P.038）中蟋蟀的台詞。「就算能把記憶巧妙地隱藏在什麼地方，就算已經完全沉到深深的地方了，但並不能消除那所造成的歷史」，則是《沒有色彩的多崎作和他的巡禮之年》（P.084）中沙羅的台詞。

奇奇

Kiki／キキ ㊮

登場於《尋羊冒險記》（P.134）、《舞・舞・舞》（P.109）中，是「我」那位耳朵擁有特別之力的女友。她有著像魔法般完美形狀的美麗耳朵，擔任耳朵專門模特兒、出版社的校正人員、高級電話應召女郎等各種工作。

刺殺騎士團長

Killing Commendatore／騎士団長殺し ㊤

描述肖像畫家「我」與妻子分別，借住在朋友父親——一名日本畫家的畫室裡生活，所體驗到的奇妙故事。有一天，「我」在屋頂內側中發現了不可思議的畫，以此為契機，謎樣的男人「免色」（P.164）開始會來拜訪我，不久，畫中一名身高60公分左右的「騎士團長」便以意念（P.044）的形式出現。最象徵性的場景是「我」尋找著住在山谷對面的少女，每天用望眼鏡看，村上表示裡面也充滿了對《大亨小傳》（P.068）的致敬。使用了過去村上作品裡曾出現的大量中心思想，內容可謂村上世界魅力滿載的最佳集錦。

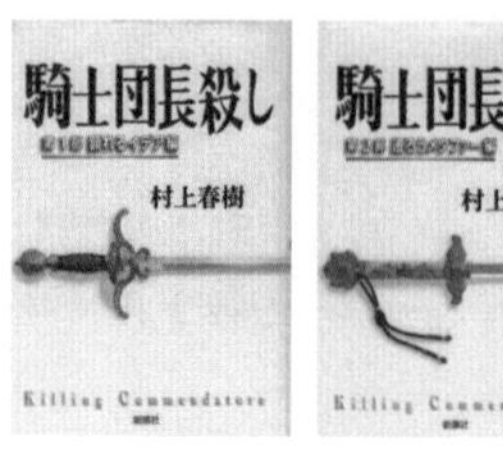

新潮社，2017年

木月

Kizuki／キズキ (登)

《挪威的森林》（P.125）中的主角——渡邊徹（P.182）高中時代的好友。在高三時，於自家的車庫燒炭自殺。2010年由導演陳英雄（P.117）翻拍成電影《挪威的森林》，由高良健吾主演。

木野

Kino／木野 (短)

主角木野在販賣運動用品的公司工作，卻因為妻子的出軌而離職。他向伯母租借了位於根津美術館後側的店面，開了一間爵士酒吧，陳列著滿滿的唱片收藏。不久，奇妙的客人們來訪，蛇也因而現身……完全體現出村上世界般設定與發展的短篇。收錄於《沒有女人的男人們》（P.053）。

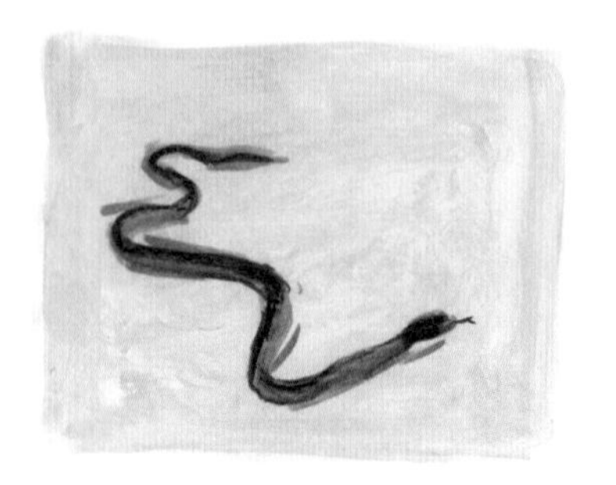

麥田捕手

The Catcher in the Rye／
キャッチャー・イン・ザ・ライ (翻)

J.D. 沙林傑（P.083）的青春小說古典名作。野崎孝翻譯的日文版《麥田裡的守望者（ライ麦畑でつかまえて）》相當有名，2003年則開始發售村上春樹翻譯的新版本。主角胡登・柯爾都斯為16歲的高中生，以第一人稱闡述他在聖誕節前夕被迫從賓夕法尼亞某高中退學的那幾天。為射殺約翰・藍儂的凶手的愛讀作品，廣為人知。

白水社，2003年

京都

Kyoto／京都 (地)

村上在戶籍上的出生地為京都，出生後沒多久全家就搬到兵庫縣西宮市。在《挪威的森林》（P.125）中，直子（P.120）所居住的療養設施「阿美寮」（P.039）設定上就位於京都的深山裡。在《村上的地方（暫譯）》（P.161，村上さんのところ）中村上曾被問到「在京都最喜歡的地方是哪裡」，他便列舉出山科區的寺院「毘沙門

堂」。此外，他似乎也喜歡在鴨川沿岸跑步。

極北
Far North ／極北 ㊞

英國作家馬歇爾・思魯（P.156）的小說。近未來小說，描寫文明崩壞後，人們在極寒之地西伯利亞苟延殘喘的樣貌。為美國國家圖書獎的最終候補，榮獲法國的 Prix de l'inaperçu 獎。據說村上在作者父親——保羅・索魯（P.148）的推薦之下，覺得很有趣便一口氣讀完，心想「這必須由我翻才行」。

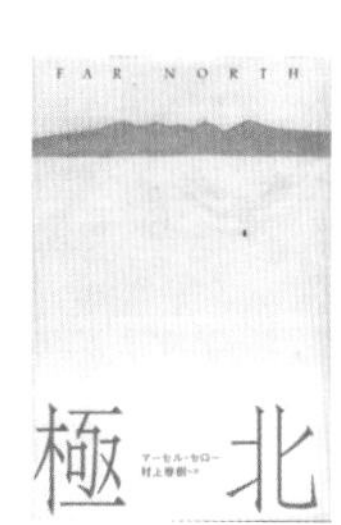

中央公論新社
2012 年

希臘
Greece ／ギリシア ㊞

在《遠方的鼓聲》（P.114）中，描繪了村上於 1986 ～ 89 年這三年間滯留在義大利與希臘的日子。還有寫到造訪位於愛琴海，且與自己同名的「哈爾基島（與春樹的日文念法相同，書中翻春樹島）」（P.130）的故事。《挪威的森林》（P.125）是村上在希臘撰寫的，《人造衛星情人》（P.096）中有出現羅德斯島附近的小島，《雨天炎天》（P.048）中則是詳細描寫了聖地亞陀斯等希臘的事物。

空氣蛹
Air Chryalis ／空気さなぎ

《1Q84》（P.043）中，主角天吾（P.113）改寫了少女深繪里（P.141）所撰寫的某故事書名，並榮獲新人獎，書籍大賣。深繪里逃脫了宗教團體「先驅」（P.078），並描寫當時的經驗，而所謂的空氣蛹，意指小小人（P.176）紡織空氣中的絲線，做出如蛹一般的產物。

偶然的旅人
Chance Traveler ／偶然の旅人 ㊞

主角為同志鋼琴調音師。每個禮拜二，他會在 Outlet 商場的咖啡廳裡看書，沒想到有一天，他偶然被坐在隔壁，並同樣在閱讀查爾斯・狄更斯之著作《荒涼山莊》的女性搭話。不久他們親近起來，調音師也告知自己是同志。收錄於《東京奇譚集》（P.113）。

國立

Kunitachi／国立 ㊞

村上在國分寺經營彼得貓（P.133）的時候，據說時常會到國立的超市紀之國屋買東西。在《CD-ROM 版 村上朝日堂 斯麥爾佳科夫對織田信長家臣團（暫譯）》（P.081，CD-ROM 版 村上朝日堂 スメルジャコフ 織田信長家臣 ）中，他曾回憶說「不知道為什麼，國立紀之國屋的收銀台有很多美女店員，這也是一個賣點」。《人造衛星情人》（P.096）的主角「我」住在國立，作品中也有描寫到站前南口的大學通等。

還熊自由（暫譯）

Setting Free the Bears／熊を放つ ㊞

因翻拍成電影的暢銷作品《蓋普眼中的世界》而出名的美國作家約翰・艾文（P.089），本作則是他的處女作小說。據說村上在寫完《聽風的歌》（P.058）不久後閱讀，便一頭栽了進去。維也納的學生 Graff 和 Siggy 騎機車去旅行，接著，Siggy 想出了襲擊動物園的奇妙計畫。

中央公論新社
1986 年

久美子

Kumiko／クミコ ㊞

《發條鳥年代記》（P.124）的主角——岡田亨之妻。本名為岡田久美子，舊姓綿谷。為雜誌編輯，副業是畫插畫。某天因為飼養的貓失蹤，而失去了蹤影。

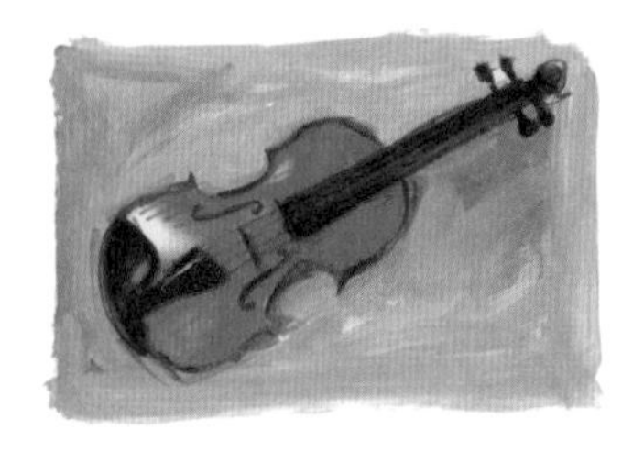

古典樂

Classical Music／クラシック音楽

村上的作品中會出現大量的古典樂，與故事有深遠關係。代表性音樂有《發條鳥年代記》（P.124）中羅西尼的歌劇——《賊鵲》序曲、《人造衛星情人》（P.096）中莫札特的歌《紫羅蘭（堇）》、《海邊的卡夫卡》（P.048）中貝多芬的《大公三重奏》、《1Q84》（P.043）中如同主題曲般存在的，楊納傑克的《小交響曲》。在《沒有色彩的多崎作和他的巡禮之年》（P.084）中，李斯特《巡禮之年》的《鄉愁》（P.177）讓人印象深刻。

克里斯・凡・艾斯伯格

Chris Van Allsbrug／
クリス・ヴァン・オールズバーグ ㊟

因翻拍成電影的繪本《野蠻遊戲》等而出名的美國繪本作家。在美國三度榮獲最優秀繪本獎——凱迪克獎。那充滿幻想的畫

中，有著光瞭望就能讓故事成立的力量。村上著手翻譯了12部作品，據說他在開始翻譯前就很喜歡克里斯的畫。

聖誕節的回憶

A Christmas Memory／クリスマスの思い出 ㊌

楚門・卡波提（P.117）以少年時期的體驗為基礎，描寫自己、60歲表姊蘇可和小狗昆妮一起度過的簡單、溫暖聖誕節。既《憶爺爺（暫譯）》（P.050，おじいさんの思い出）、《特別的聖誕節》（P.040）之後，添加了山本容子銅版畫的「純真故事」系列第三部作品。

文藝春秋，1990年

打掃

cleaning／クリーニング

在村上的作品中，打掃是謹慎的日常生活象徵。主角們會俐落地打掃、洗衣服和熨燙（P.035）。《尋羊冒險記》（P.134）的主角會用六塊抹布仔細地在山中小屋裡打蠟，《挪威的森林》（P.125）的主角即便住在大學宿舍，也依然過著「每天掃地板，三天擦一次窗戶，每週曬一次棉被」的整潔生活。此外，《發條鳥年代記》（P.124）的故事是從車站前的洗衣店展開，而主角熨燙的過程總共有12個步驟。

車

car／車

從出道作到最新作，車在村上的作品中都是重要的「記號」。村上從1986年開始在歐洲滯留三年，車子不可或缺，因而取得駕照。據說村上是在買了蘭吉雅 Delta（P.174）後，才覺醒了對駕駛的興趣。在《海邊的卡夫卡》（P.048）中，大島先生（P.051）開著綠色的 MAZDA ROADSTER 等等，作品裡會頻繁出現車子的場景。

格拉斯・佩利

Grace Paley／グレイス・ペイリー ㊅

戰後美國文學界的魅力女小說家。生前留下來的小說只有三本，為產量很少的作家。其全部的作品《人生微小的煩憂（暫譯）》（P.090，The little disturbances of man）、《最後瞬間的巨大變化（暫譯）》（P.078，Enormous Changes at the Last Minute）、《那天以後（暫譯）》（P.100，Later the Same

Day）都是由村上翻譯。於2007年過世。

大亨小傳

The Great Gatsby／グレート・ギャッツビー 翻

村上春樹人生中受到影響最深遠的小說。史考特・費茲傑羅（P.091）1925年的作品。描寫深奧，村上曾說過60歲後要進行翻譯，並於其三年前實現。情景描寫、心理描寫與會話三要素完美結合，在〈我的教科書〉（暫譯，僕の教科書）和《村上的地方（暫譯）》（P.161，村上さんのところ）中也有提到。為《挪威的森林》（P.125）的主角渡邊君的愛書，在作品中他曾讚美「沒有一頁是無聊的一頁」。

中央公論新社 2006年

黑妞

Kuro／クロ 登

登場於《沒有色彩的多崎作和他的巡禮之年》（P.084）中，為主角作（P.107）高中時代朋友五人組之一。名字為黑埜惠里（くろのえり，kuronoeri），暱稱為「黑妞」，現已結婚，自稱惠理・埜・哈泰寧，在芬蘭（P.140）以陶藝家的身分活動。

群像新人文學獎

Gunzo Prize for New Writers／群像新人文学賞

《聽風的歌》（P.058）被選為第22屆群像新人文學獎。其中一名選拔委員丸谷才一曾評論「村上的《聽風的歌》是在現代美國小說強烈影響下的產物。寇特・馮內果（P.059）、布羅提根（P.175）等，他非常熱情學習這一類的作風。由於學習太過辛苦，如果沒有相當的才能，是沒辦法學到這樣的。」

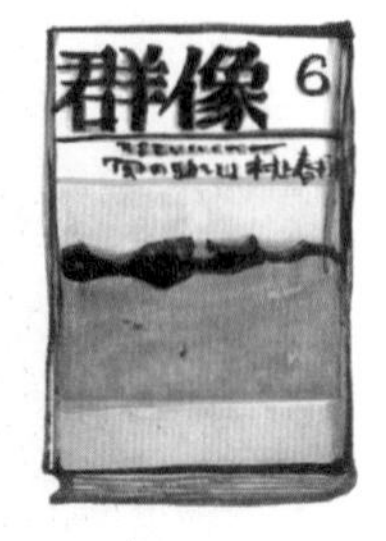

け

月刊《海驢文藝》（暫譯）

月刊「あしか文芸」 短

刊載於糸井重里（P.045）所著《變態乖寶寶新聞》（暫譯，PARCO出版，1982年，ヘンタイよいこ新聞）中的極短篇。描寫被擬人化的「海驢」奇妙日常。順帶一提，作品中的月刊《海驢文藝》並非月刊雜誌或文藝雜誌類型的雜誌。收錄於《村上春樹全作品 1979 ～ 1989 ⑤》。

婚禮的成員

The Member of the Wedding／結婚式のメンバー 翻

美國女性作家卡森・麥卡勒斯的小說。村上與柴田元幸（P.085）選出「值得再讀一遍！」的10部作品後再譯、復刊的「村上柴田翻譯堂」系列第一彈。描述生活在美國南部鄉下的少女弗蘭淇，夢想在哥哥的結婚典禮上改變人生的故事。似乎是村上的夫人——陽子小姐從以前就愛看的書。

新潮文庫，2016年

大家都說暴風雨星期一（暫譯）

They Call It Stormy Monday／
月曜日は最悪だとみんなは言うけれど ㊫

村上將發表於美國報紙、雜誌上的文學相關報導與散文剪報整理而成的翻譯。收錄瑞蒙・卡佛（P.177）的作品編輯故事、提姆・奧布萊恩（P.112）的越南訪問記、約翰・艾文（P.089）的會面記等。標題取自於村上翻譯藍調名曲《Stormy Monday》中的歌詞「They call it stormy Monday, but Tuesday's just as bad」——「大家都說暴風雨星期一，不過星期二也不遑多讓」的一小節。

中央公論新社
2000 年

手槍

handgun／拳銃

在《1Q84》（P.043）中，Tamaru（P.108）對著希望能幫忙她準備一把手槍的青豆（P.035）說:「契訶夫這樣說過。故事裡如果出現槍，那就非發射不可」。《海邊的卡夫卡》（P.048）的登場人物卡內爾・桑德斯（P.059）也說過類似的台詞。「俄國作家安東・柴訶夫（P.042）說得好。他說啊，『如果故事中出現槍的話，那就必須發射。』你知道為什麼嗎？」。

精選戀愛故事 10 篇（暫譯）

Ten Selected Love Stories／恋しくて ㊫

得以享受村上自己挑選並翻譯的世界級戀愛故事。收錄 Maile Meloy 的〈替代婚姻〉（暫譯，The Proxy Marriage）、David Kranes 的〈泰瑞莎〉（暫譯，Theresa）、托拜厄斯・沃爾夫的〈兩名少年與一名少女〉（暫譯，Two Boys And A Girl）、Peter Stamm 的〈甜蜜的夢〉（暫譯，Sweet Dreams）、勞倫・格洛夫的〈L. 迪伯特與阿里耶特——愛的故事〉（暫譯，L. Debard And Aliette - A Love Story）、Ludmilla Petrushevskaya 的〈昏暗的命運〉（暫譯，A Murky Fate）、艾莉斯・孟若的〈傑克蘭達飯店〉（暫譯，The Jack Randa Hotel）、吉姆・舍帕爾德的〈愛與氫〉（暫譯，Love And Hydrogen）、理察・福特的〈主權〉（暫譯，Dominion）這九篇和村上加筆的〈戀愛的薩姆沙〉（P.069），為一短篇集。

中央公論新社
2013 年

戀愛的薩姆莎

Samsa in Love／恋するザムザ ㊗

以「醒來時，他發現自己在床上變成格里高爾・薩姆莎（Gregor Samsa）」為開頭。卡夫卡（P.142）所著作品《變形記》的詼諧模仿小說。村上貌似是在書名決定好之後才開始想故事，並說他寫了（類似）《變形記》的後日譚。收錄於《精選戀愛故事 10 篇（暫譯）》（P.069， しくて）。

高圓寺

Koenji／高円寺 ㊞

《1Q84》（P.043）中主角天吾（P.113）所居住的街道。此外，青豆（P.035）藏匿自身的隱居之處也位於此地。進入1Q84年世界的天吾從滑梯上俯瞰漂浮在夜空中的兩個月亮，而他當時所在的兒童公園是以「高圓寺中央公園」為模型。

神戶

Kobe／神戸 ㊞

村上春樹長大的故鄉。在旅行遊記《邊境・近境》（P.145）的加筆故事〈走過神戶〉中，可以體驗村上花費兩天，從他的老家兵庫縣西宮市夙川（しゅくがわ，syukugawa）走到神戶三宮的原風景。以《聽風的歌》（P.058）為首，神戶是他初期作品中時常出現的場所，在電影《聽風的歌》中用於拍攝的場景——三宮「HALF TIME（半日酒吧）」，簡直就像傑氏酒吧（P.082）。位於元町的「德利卡特珊（Tor Road delicatessen，日本熟食店）」也因為《舞・舞・舞》（P.109）中主角所闡述的道地「燻鮭魚三明治」而出名。

神戶高等學校

Kobe High School／神戸高等学校

村上的出身校，兵庫縣神戶高等學校。事

實上，這是間名人輩出的名校，有竹久夢二、白洲次郎、SF作家小松左京、索尼創辦人井深大等等。在《國境之南・太陽之西》（P.072）中，有出現「我」和泉從屋頂上將老舊唱片當成飛盤射飛出去的場景。

甲村紀念圖書館

Komura Memorial Library ／甲村記念図書館

《海邊的卡夫卡》（P.048）中身為主要舞台的私立圖書館，為實際上不存在的虛構場所。一般認為形象來自於香川坂出市的「鎌田共際會鄉土博物館」及村上最喜歡的圖書館「蘆屋市立圖書館打出分室」。

冰男

Ice Man ／氷男 ㊗

「我」與在滑雪場旅館邂逅的冰男結婚了。有一天，我想要改變日常生活，便提議要去南極旅行，沒想到溫柔的冰男性情大變，「我」也一天一天失去了力量。收錄於《萊辛頓的幽靈》（P.178）。

5月的海岸線

5月の海岸線 ㊗

「我」時隔12年回到了自己生養的城市。「我」探詢著海的味道，造訪孩提時代會去遊玩的海岸，卻發現海消失了。在被填起來的水泥之間，「我」瞭望著那悄悄被遺留下來，只有約50公分寬的小海岸線。為自傳式故事，探詢失去的原風景，也是被吸收在《尋羊冒險記》（P.134）中的作品。收錄於《看袋鼠的好日子》（P.062）。

Ice Man

國分寺

Kokubunji ／国分寺 ㊞

村上在《村上朝日堂》（P.160）中，闡述自己沒有就職而在國分寺開彼得貓（P.133）的原委。「為什麼是國分寺呢？因為決心要在那裡開一家爵士喫茶店。剛開始心想去上班也好，就到幾家有認識人的電視公司去走動一圈，不過工作性質實在太呆了，於是作罷」。登場於〈起司蛋糕形的我的貧窮〉（P.109）中村上夫妻住過的「三角地帶」，是實際存在的。

下午最後一片草坪

The Last Lawn of the Afternoon ／
午後の最後の芝生 ㊦

「我」在收到女朋友的分手信後不知如何是好，於是去做了割草的打工。夏日的描寫相當鮮明，為初期作品的知名傑作。村上夫人陽子小姐也說這是她最喜歡的短篇小說。收錄於《開往中國的慢船》（P.110）。

五反田君

Gotanda-kun ／五反田君 ㊤

《舞・舞・舞》（P.109）中主角「我」的國中同學，為人氣演員。對「我」來說是憧憬般的存在，然而不久之後，「我」查覺到隱藏於五反田君內心深處的孤獨與喪失感。為了使用事務所的經費而開馬莎拉蒂（P.156）。

國境之南・太陽之西

South of the Border, West of the Sun ／
国境の南、太陽の西 ㊥

「我」成功開了一間「放著爵士樂的高級酒吧」，過上富足且穩定的生活。接著，就在「我」想著這似乎不像是我的人生之際，小學同學島本（P.086）出現在店裡。該作品以泡沫經濟顛峰時期的青山（P.036）周邊地區為主要舞台。標題《國境之南（South of the Border）》是來自於美國的流行歌曲。

講談社，1992年

咖啡

coffee ／コーヒー

咖啡為村上作品中不可或缺的飲品。《人造衛星情人》（P.096）中寫到的一段「像惡魔的汗一般濃的艾斯布雷咖啡」尤其讓人印象深刻。在超短篇集《夢中見》（P.170）之中，篇章〈咖啡〉裡就有出現招牌為「咖啡」的店。順帶一

提，村上所使用的咖啡杯是在瑞士的土產店買的。

小徑

Komichi ／小径 ㊇

《刺殺騎士團長》（P.063）中主角的妹妹，暱稱為 Komi 。比主角小三歲，最喜歡《愛麗絲夢遊仙境》（P.141）。有心臟的先天性疾病，12 歲過世。

commitment

commitment ／コメットメント

因《聽風的歌》（P.058）而成為小說家出道時，村上作品的主題是描寫「沒有交流」的「Detachment（對社會漠不關心）」。後來村上在國外（歐洲與美國）居住了 8 年左右，發現「已經沒有必要再以個人身分逃離」，便把作品的主題改成了和世界「Commitment（與社會產生關連）」。

沒有小指的女子

Girl without Little Finger ／小指のない女の子 ㊣

《聽風的歌》（P.058）中出現的一位沒有小指的女子。8 歲時失去了左手的小指。有個雙胞胎妹妹，在神戶（P.070）的唱片行工作。

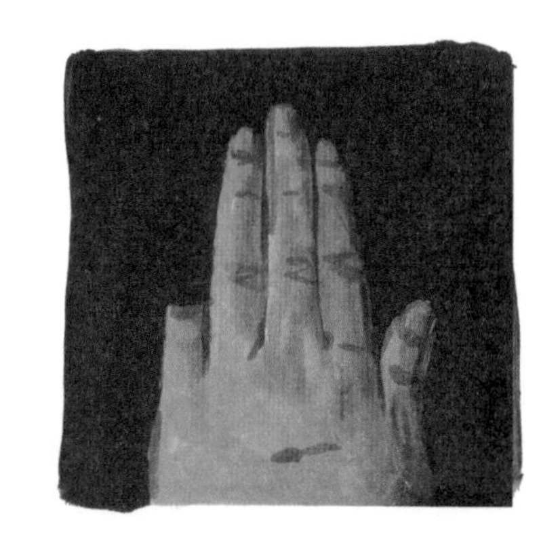

這點問題，先和村上先生說一下吧──世人不管三七二十一扔給村上春樹的 330 個大疑問，村上先生到底能答上幾個？（暫譯）

「これだけは、村上さんに言っておこう」と世間の人々が村上春樹にとりあえずぶっつける 330 の質問に果たして村上さんはちゃんと答えられるのか？ ⓠ

重新編輯了寄到「村上朝日堂網站」那些與讀者的交換信件，還收錄了回答台灣、韓國讀者疑問的未發表內容。為《對了，來問問村上先生吧──人不管三七二十一扔給村上春樹的282 個大疑問，村上先生到底能答上幾個？（暫譯）》（P.100，「そうだ、村上さんに聞いてみよう」と世間の人々が村上春樹にとりあえずぶっつける 282 の大疑問に果たして村上さんはちゃんと答えられるのか？）的續集，刊載了330 個問題。煩惱的人生、戀愛破局、作品論等，採用一問一答形式，為可以徹底了解村上想法的一本書。

朝日新聞社
2006 年

《西風號的殘骸》
（暫譯，The Wreck of the Zephyr）
河出書房新社，1985年

漂浮在夜晚大海上的飛天帆船，如同馬格利特繪畫般美麗的繪本。

《陌生人》
（暫譯，The Stranger）
河出書房新社，1989年

不會說話、沒有記憶且身分不明的男子來到了貝利先生的農場……？

村上春樹翻譯的艾斯伯格繪本

《北極特快車》
河出書房新社，1987年

在聖誕夜，少年搭上了不可思議的火車，前往旅程。凱迪克獎得獎作品。

《哈里斯·柏迪克的謎團》
（暫譯，The Mysteries of Harris Burdick）
河出書房新社，1990年

故事圍繞著謎樣人物哈里斯 · 柏迪克所留下的14張畫。

《巫婆的掃把》
河出書房新社，1993年

因突然無法再飛行而被魔女捨棄的掃把，開始過上嶄新的人生。

《最甜的無花果》
河出書房新社，1994年

牙醫師畢波先生拿到的是，無論什麼夢想都能實現的魔法無花果。

Chris Van Allsburg's Picture Book

《班班的夢》
（暫譯，Ben's Dream）
河出書房新社，1996年

正在念書的班班被睡魔引誘到夢中。是一本用畫解夢的黑白繪本。

《不幸之石》
（暫譯，The Wretched Stone）
河出書房新社，2003年

航海日誌上描寫著船員們在島上發現了某個石頭，因為醉心於此而有所改變。

《兩隻壞螞蟻》
河出書房新社，2004年

以螞蟻視角，描寫因追求水晶（砂糖）而跑到人類居住地的危險之旅。

《魔術師的花園》
河出書房新社，2005年

描述少年潛入引退魔術師蓋薩茲的花園中，因而有所體會的奇妙故事。

《天鵝湖》
馬克·赫平／著
河出書房新社，1991年

改編自知名芭蕾舞曲《天鵝湖》的童話故事。艾斯伯格的插畫相當美麗。

《來，變成狗吧！》
（暫譯，Probuditi!）
河出書房新社，2006年

看見催眠師的少年，嘗試向妹妹催眠說「來，變成狗吧！」之後……？

歡迎來到村上 BAR

(為了不用意義來稀釋詞彙的「雞尾酒圖鑑」)

在村上文學中，詞彙就是威士忌、是啤酒、是雞尾酒。
這是無論過了多久，都能將讀者帶往異世界的魔法之水。
在爵士咖啡廳培養出村上獨有的「酒類」知識，
為了讓大家能夠享受此等大量添加的精妙巧思，來乾了這些詞彙吧。

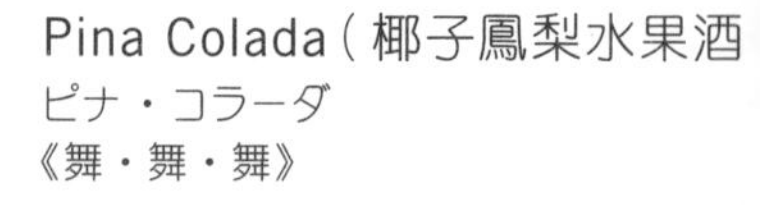

Pina Colada(椰子鳳梨水果酒

ピナ・コラーダ
《舞・舞・舞》

《舞・舞・舞》中主角「我」和美少女雪從大白天就開始在威基基海灘喝的雞尾酒，充滿著椰子的甜香味。以蘭姆酒為基底，用椰奶與鳳梨果汁稀釋，和碎冰一起搖動。名字「Piña colada」在西班牙文中代表「濾過的鳳梨」之意。

gimlet(琴蕾)

ギムレット
《聽風的歌》

《聽風的歌》中，長著一對如葡萄柚般的乳房，穿著華麗連身裙的女子在傑氏酒吧喝的「琴蕾」。謠傳起源於英國的軍醫琴蕾特，他為了海軍隊的健康，提倡不要單喝杜松子酒，而是混入萊姆果汁。在雷蒙・錢德勒的作品《漫長的告別》中，就有一句名台詞:「現在喝琴蕾還太早」。

Tom Collins(湯姆可林斯)

トム・コリンズ
《1Q84》

《1Q84》中，青豆在六本木的單身酒吧一面物色適合的男性，一面喝著用杜松子酒、檸檬汁、汽水製作而成的雞尾酒「湯姆可林斯」。謠傳是19世紀末，由倫敦一位名叫約翰・可林斯的人所構想出來的。《挪威的森林》裡的綠也曾在DUG中一邊等「我」一邊喝。

mohito（莫吉托）
モヒート
《沒有色彩的多崎作和他的巡禮之年》

在《沒有色彩的多崎作和他的巡禮之年》中，多崎作與戀人沙羅在第四次約會時，沙羅於惠比壽的酒吧裡所喝的雞尾酒，是以蘭姆酒為基底，並加入了萊姆果汁與薄荷的「莫吉托」。發祥之地為古巴的哈瓦那，由於知名作家——《老人與海》的作者歐內斯特・海明威非常喜歡，因此該雞尾酒相當出名。

Balalaika（巴拉萊卡）
バラライカ
《刺殺騎士團長》

在《刺殺騎士團長》中，被招待至免色宅邸的「我」用巴卡拉玻璃杯所喝的雞尾酒「巴拉萊卡」。下酒菜，為裝在古伊萬里盤子上的乳酪與腰果。是以伏特加為基底的雞尾酒，形象來自於三角形的俄羅斯弦樂器「巴拉萊卡琴」。

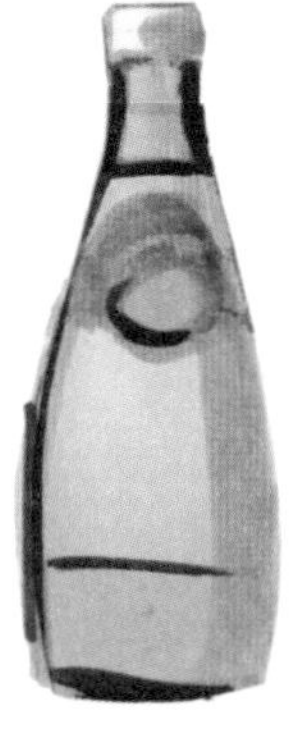

SIBERIAN EXPRESS
（西伯利亞鐵路）
シベリア・エキスプレス
《少年卡夫卡》（暫譯，少年カフカ）

《海邊的卡夫卡》的解說書《少年卡夫卡》裡登場的村上原創雞尾酒。村上曾說過「老實說，我沛綠雅中毒了。（中略）我喜歡用沛綠雅稀釋伏特加，再添上榨檸檬的飲品。我個人將其命名為西伯利亞鐵路」。這是將伏特加與沛綠雅的清爽感比擬成西伯利亞鐵路的雞尾酒，極度順口。

最後瞬間的巨大變化（暫譯）

Enormous Changes at the Last Minute／最後の瞬間のすごく大きな変化 ㊙

因文體有個人習慣且難以理解而出名的美國魅力女作家格拉斯・佩利（P.067）所著之短篇集，共收錄17篇作品。以佩利本身當作原形，描繪了許多女性「菲絲」的日常。

文藝春秋，1999年

南灣行——杜比兄弟「南灣行」的 BGM

South Bay Strut- Dobie Brothers BGM for" South Bay Strut "／サウスベイ・ストラット—ドゥービー・ブラザーズ「サウスベイ・ストラット」のための BGM ㊐

奉獻給雷蒙・錢德勒（P.177）所著之以私家偵探為主角的致敬作品。成為故事舞台的南加州「South Bay City」，是詼諧模仿登場於錢德勒小說中的「Bay City」。標題取自於杜比兄弟的歌名，也是本篇的副標題。收錄於《看袋鼠的好日子》（P.062）。

佐伯小姐

Saeli-san／佐伯さん ㊀

《海邊的卡夫卡》（P.048）中高松甲村紀念圖書館（P.071）的館長，外觀約為45歲左右的女性。19歲時，其唱述她戀人的自創歌曲《海邊的卡夫卡》曾大受歡迎。田村卡夫卡（P.108）心想或許她是自己的母親。

先驅

Sakigake／さきがけ

《1Q84》（P.043）中，本部位於山梨縣的宗教團體。為邪教團體，是仿造奧林姆真理教的設定。領導人深田保的女兒為小說《空氣蛹》（P.065）的作者，也就是17歲的美少女深繪里（P.141）。

佐佐木 Maki

Maki Sasaki／佐々木マキ ㊇

漫畫家、繪本作家與插畫家。因雜誌《GARO》出道，透過前衛的漫畫引發革命。自村上的出道作品《聽風的歌》（P.058）以來，共負責《1973年的彈珠玩具》（P.097）、《尋羊冒險記》（P.134）、《舞・舞・舞》（P.109）這初期的「我與老鼠四部曲」及3篇短篇集，共計7本書的裝幀畫，一同建立起村上文學的世界觀。也合力製作羊男（P.134）登場的繪本《羊男的聖誕節》（P.134）、《不可思議的圖書館（暫譯）》（P.141，ふしぎな 書館）。村上在大學時代，一直都將佐佐木 Maki 所作的「披頭四

《佐佐木 Maki 沒有秩序的荒誕詩人》
佐佐木 Maki／著
小原央明／編
河出書房新社
1988年

慶典黃色大型海報」裝飾在自己的房間裡，是她的大粉絲，並曾說過他自己第一本小說的封面無論如何都希望由佐佐木來繪製。

一件有益的小事

A Small, Good Thing／
ささやかだけれど、役にたつこと (翻)

瑞蒙・卡佛（P.177）的短篇小說。描述在生日那天因為事故而失去兒子的夫婦，與在收到寫有兒子名字的生日蛋糕訂單後就被遺忘的麵包店老闆之間心靈接觸的作品。知名的村上自造語言「小確幸」（P.088），就是來自於此作品的原標題《A Small, Good Thing」。

中央公論社，1989 年

懷念的 1980 年代

The Scrap／
THE SCRAP 懐かしの一九八〇年代 (散)

像剪貼簿那般，整理 1980 年代回憶的散文集。表演麥可・傑克森模仿秀的人、看了三次電影《星際大戰六部曲：絕地大反攻》的故事、東京的咖啡廳巡禮、與安西水丸（P.042）在開園前所寫的東京迪士尼報告等，如日記一樣描寫令人懷念的話題。裝幀為和田誠（P.183）負責。

文藝春秋，1987 年

史考特・費茲傑羅之書（暫譯）

ザ・スコット・フィッツジェラルド・ブック (散) (翻)

村上為了盡可能讓更多人了解他所敬愛的作家史考特・費茲傑羅（P.091），整理了與之相關的文章。有造訪與其淵源深遠的小鎮遊記，以及史考特妻子賽爾妲的傳記等，還有刊載兩篇新的翻譯短篇。

TBS-BRITANNICA，1988 年

Sudden Fiction 瞬間小說 70（暫譯）

Sudden Fiction／Sudden Fiction 超短編小説 70 (翻)

集結美國作家「極短篇」的短篇故事集。在此，這些故事是以「Sudden」（「突來」）之意所網羅的。從厄尼斯特・海明威，到瑞蒙・卡佛（P.177）、雷・布萊伯利、格拉斯・佩利（P.067），扎實集結了高達 70 篇名作。

羅伯特・謝巴德、詹姆士・湯瑪斯／編
村上春樹、小川高義／譯
文藝春秋，1994 年

再見，吾愛

Farewell, My Lovely／
さよなら、愛しい人 (翻)

由村上重新翻譯雷蒙・錢德勒（P.177）的推理小說《再見，吾愛（舊版的日文譯為さらば愛しき女よ）》。以私家偵探菲力普・馬羅為主角的長篇系列作第二集。村上在後記曾說，如果要選錢德勒的前三名作品，大多數人都會選《漫長的告別》（P.180）、《大眠》（P.051）和《再見，吾愛》吧，這點他自己也一樣。

早川書房，2009 年

從鳥園到百老匯—爵士樂手的回憶（暫譯）

From Birdland to Broadway: Scenes from a Jazz Life／さよならバードランド　あるジャズ・ミュージシャンの回想 ㊫

在摩登爵士樂黃金時代的1950年代，由走遍紐約的爵士貝斯手兼爵士樂評論家比爾・克勞所寫的自傳式遊記。從艾靈頓公爵（P.112）到賽門與葛芬柯皆有登場。附有村上所寫的超詳細唱片導覽。

新潮社，1996年

村上收音機3：喜歡吃沙拉的獅子

Murakami Radio3／
サラダ好きのライオン 村上ラヂオ3 ㊪

村上春樹與大橋步（P.051）共同著作，溫婉又有魅力的散文集「村上收音機」系列第三集。有每天在上班地點的沙發上午睡、每天早上做歐姆蛋、為貓取名字很困難、喜歡的美國爵士樂團等故事，一如往常，有不少和貓、音樂及料理有關的話題。在〈所謂新宿車站裝置〉中，也有寫到《沒有色彩的多崎作和他的巡禮之年》（P.084）的舞台新宿站。

Magazine House
2012年

有猴子柵欄的公園

猿の檻のある公園

在《聽風的歌》（P.058）中，「我」和「老鼠」（P.124）喝得爛醉，開著黑色的飛雅特600（P.140）闖進了有猴子柵欄的公園。一般認為其原型來自於村上很喜歡，以前很常去的「打出公園」，位於舊蘆屋市立圖書館（現蘆屋市立圖書館打出分室）的隔壁。

32歲的DAY TRIPPER

32歳のデイトリッパー ㊙

因「DA —— YTRIPPER」這個詞而餘音繞樑的《DAY TRIPPER》，是收錄於披頭四（P.135）第十一張專輯《Yesterday and Today》中的曲子。為描述32歲的「我」，與18歲，如同「海象」一般可愛的女友之間那無聊對話的超短篇。收錄於《看袋鼠的好日子》（P.062）。

三明治〔三文治〕

sandwich ／サンドウィッチ

村上在爵士咖啡廳「彼得貓」(P.133) 中每天都會做的經典料理，據說非常美味，也很受歡迎。作品中也會時常登場，主角們更有很強烈的堅持。在《舞・舞・舞》(P.109) 中，「我」曾說過「紀伊國屋的法國奶油麵包很配燻鮭魚三明治」，在《世界末日與冷酷異境》(P.097) 中「我」則是吃了一名身穿粉紅衣服的女子 (P.136) 所做的小黃瓜〔青瓜〕配火腿起司三明治，並誇讚「不過那三明治卻有些超越我對三明治所定的基準線。麵包新鮮有彈性，用清潔而銳利的刀子切的」一景。

し

死亡

death ／死

正如同在《挪威的森林》(P.125) 中，有著這麼一句名言:「死不是以生的對極形式，而是以生的一部分存在著」，村上的作品裡，會出現許多有關於「死亡」的詞彙。在《發條鳥年代記》(P.124) 中，笠原 May (P.057) 曾說「人會死亡真是太好了」，在《1Q84》(P.043) 中，Tamaru (P.108) 也說過「對一個人類來說所謂臨死之際是很重要的喔。出生的方法無法選擇，但死的方法卻可以選擇」的名台詞等，層出不窮。

CD-ROM 版 村上朝日堂 斯麥爾佳科夫對織田信長家臣團（暫譯）

CD-ROM 版 村上朝日堂 スメルジャコフ対織田信長家臣団 Ⓠ

整理了讀者寫的信和回信的「村上朝日堂網站」CD-ROM 版第二作。斯麥爾佳科夫是杜斯妥也夫斯基（P.116）的小說《卡拉馬助夫兄弟們》（P.061）中的登場人物。可以窺探村上的創作姿態，如「我會像馬拉松一樣，重新改寫小說到10篇稿子」、「寫好短篇小說的秘訣，就是花三天寫完」等等，內容相當耐人尋味。

朝日新聞社，2001 年

CD-ROM 版 村上朝日堂 夢想的漫遊城（暫譯）

CD-ROM 版 村上朝日堂
夢のサーフシティー ⓠ

「村上朝日堂網站」CD-ROM 版第一作。所謂「夢想的漫遊城」，是來自於美國音樂家詹與狄恩的傳記電影標題《Deadman's Curve》。在本書的最後，村上尖銳指出「由於網路，文體和小說將會有所改變」。

朝日新聞社，1998 年

傑

J／ジェイ ㊫

登場於《聽風的歌》（P.058），為傑氏酒吧（P.082）的中國人調酒師。在《1973 年的彈珠玩具》（P.097）、《尋羊冒險記》（P.134）中，該角色也作為主角「我」的商量對象登場。

傑氏酒吧

J's Bar／ジェイズ・バー

中國人調酒師傑（P.082）經營的店。在《聽風的歌》（P.058）中，主角「我」和老鼠（P.124）曾喝了25 公尺長游泳池整池那麼多的啤酒，吃掉的花生殼在地板上堆了5 公分厚。據說在大森一樹導演的電影《聽風的歌》中，用來拍攝的神戶（P.070）酒吧「HALF TIME 半日酒吧」（P.129）裡還真的密密麻麻堆滿了花生殼。

傑・魯賓

Jay Rubin／ジェイ・ルービン ㊅

哈佛大學名譽教授與日本文學研究者、譯者。尤其又以身為村上作品的譯者而聞名世界。以短篇〈象的消失〉（P.100）為首，著手翻譯了《挪威的森林》（P.125）、《發條鳥年代記》（P.124）、《黑夜之後》（P.038）、《1Q84》（P.043）。著有《洗耳傾聽：村上春樹的世界》（暫譯，ハルキ・ムラカミと言葉の音 ，新潮社）、《村上春樹與我》（暫譯，村上春樹と私，東洋經濟新報社）等等。村上還曾將耶路撒冷獎（P.050）的受獎演講原稿委託給魯賓翻譯，兩人頗有私交。

雪哈拉莎德

Schecherazade／シェエラザード ㊗

「我的前世是八目鰻」。因為某個原因而銷聲匿跡的主角羽原，將每當性交時都會說些不可思議故事的女人命名為《天方夜譚》中王妃的名字——雪哈拉莎德。在村上作品中極為少見，以「北關東鄉下小都市」某城市為舞台的奇妙故事。收錄於《沒有女人的男人們》（P.053）。

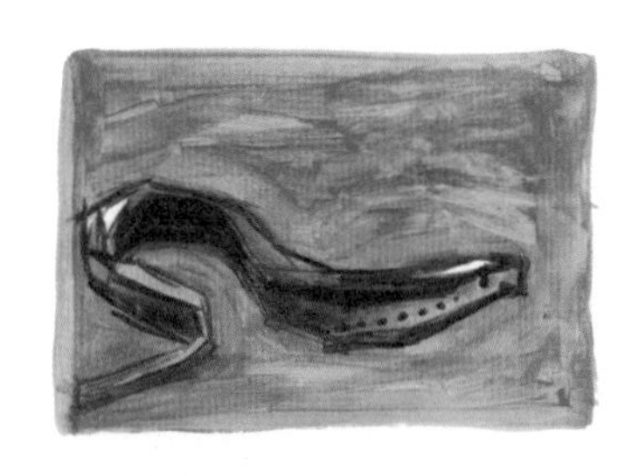

謝爾・希爾弗斯

Shel Silverstein／シェル・シルヴァスタイン ㊇

美國作家，因一個大圓探詢自我的故事《失落的一角》，以及描繪蘋果樹與少年之間友情的故事《愛心樹》而出名。也是插畫家和創作歌手。2010年，村上將1976年本田錦一郎翻譯的《愛心樹》重新再譯，因而造成話題。

J.D. 沙林傑

Jerome David Salinger／J・D・サリンジャー ㊇

因《麥田捕手》（P.174）而出名的美國代表性小說家。村上以標題《キャッチャー・イン・ザ・ライ（The Catcher in the Rye）》（P.064）重新翻譯，成了暢銷作品。在《挪威的森林》（P.125）中，玲子姊（P.177）曾對著渡邊君說「你說話的方式真是奇怪呦（中略）不是在學那個《麥田捕手》吧？」。村上在《翻譯夜話2：沙林傑戰記（暫譯）》（P.149，翻訳夜話2 サリンジャー 記）中，曾說過想將沙林傑的《法蘭妮與卓依》（P.142）翻成關西腔試試。

四月某個晴朗的早晨遇見100% 的女孩

On Seeing the 100% Prefect Girl
One Beautiful April Moring／
4月のある晴れた朝に100パーセントの女の子に出会うことについて ㊕

如同其名，在「4月」的某個晴朗的早晨，「我」在原宿的暗巷裡和100% 的女子擦肩而過，描繪這般微小日常的小故事。村上曾在報紙《紐約時報》上的訪談回應過，《1Q84》（P.043）是從這篇短篇衍生出來的故事。1983年由室井滋主演，翻拍成電影《遇見百分百的女孩》（暫譯，100%の女の子）。

鹿、神明與聖則濟利亞（暫譯）

鹿と神様と聖セシリア ㊢

發表於《早稻田文學》1981年6月號，沒有收錄在任何書中的奇幻作品。為私小說式短篇故事，作品中有出現無法很流暢寫小說的小說家。

沒有色彩的多崎作和他的巡禮之年

Colorless Tsukuru Tazaki and His Years of Pilgrimage ／色彩を持たない多崎つくると、彼の巡礼の年 ㊤

住在名古屋且感情很好的五人組會互相以顏色——紅仔（P.036）、藍仔（P.035）、白妞（P.090）、黑妞（P.068）稱呼，唯有多崎作（P.107）的名字裡沒有顏色。在作長大成人的某一天，他在戀人木元沙羅的建議之下，踏上與朋友們重逢的巡禮之旅。描繪作與高中時代曾為親友的4名男女突然間失去聯絡的失而復得感，為中國五行思想式的成長故事。登場於作品中的《巡禮之年》，是指俄羅斯鋼琴家拉薩・貝爾曼（P.174）所演奏的李斯特・費倫茨（P.143）鋼琴獨奏曲集。

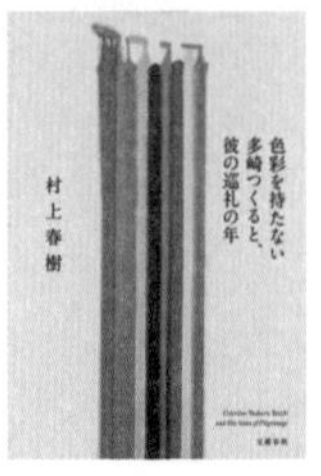

文藝春秋，2013年

雪梨！

Sydney!／シドニー ㊡

2000年23日舉辦的雪梨奧林匹克當地報導。也有觸及澳大利亞這片大陸的特殊性，是本可以當作遊記享受的觀戰記。村上曾說「當了二十幾年作家，還是第一次在這麼短的期間內完成如此大量的稿子」。文庫版則是分成了〈猩猩純情篇〉、〈袋鼠熱血篇〉上下兩卷。

文藝春秋，2001年

雪梨的綠街

Green Street in Sydney ／
シドニーのグリーン・ストリート ㊗

在 Green Street in Sydney（綠街）建立事務所的私家偵探「我」接受了羊男（P.134）的委託，希望能奪回被羊博士搶走的右耳。添加了繪本作家飯野和好的插畫，是一部如童話般的故事。書名來自於出演電影《北非諜影》和《馬爾他之鷹》的演員——雪梨・格林斯特里特的名字。後來也收錄在年輕讀者取向的短篇集《初見的文學 村上春樹（暫譯）》（P.126，はじめての文学 村上春樹）之中。收錄於《開往中國的慢船》（P.110）。

品川猴

A Shinagawa Monkey ／品川猿 ㊗

主角安藤美月從一年前開始，就時常會想不起自己的名字。她前往品川區公所的「心煩惱相談室」，而在與輔導員商量的過程中，她發現這是偷名字的「猴」所惹的禍。接著，隨著名字的回歸，她心中的黑暗也復甦了——這是一部格外奇妙的猿猴故事。收錄於《東京奇譚集》（P.113）。

柴田元幸

Motoyuki Shibata ／柴田元幸 ㊇

美國文學研究家、翻譯家。以身為保羅・奧斯特、愛德華・戈里、查理・布考斯基等的譯者而出名。在其責任編輯負責的文藝雜誌《Monkey Business》（village books）和《Monkey》（Switch Publishing）上介紹現代美國文學。和村上一同協助翻譯《還熊自由（暫譯）》（P.066，熊を放つ），因而加深交情。共同著有《翻譯夜話（暫譯）》（P.149，翻訳夜話）、《翻譯夜話2：沙林傑戰記（暫譯）》（P.149，翻訳夜話2 サリンジャー 記）。亦擔任 CD 書籍《村上春樹 hybrid（暫譯）》（P.162，村上春樹ハイブ・リット）的綜合編修。

澀谷

Shibuya ／渋谷 ㊞

村上作品中時常出現的年輕人街道，甚至還成為《黑夜之後》（P.038）的主要舞台，有出現澀谷的行人十字路口、丹寧街和旅館街。在《舞・舞・舞》（P.109）中，「我」在澀谷看完電影後漫無目的地逛街，在《1Q84》（P.043）中，青豆（P.035）

則是在澀谷站的投幣置物櫃中寄放行李後，在過了公園街的旅館內將男人暗殺。

島本

Shimamoto-san ／島本さん ㊜

登場於《國境之南・太陽之西》(P.072)，為主角「我」的女性青梅竹馬。在小學時轉學過來，是個輕輕拖著左腳走路的女孩，因兩人都是「獨生子女」而變得親近。從以前開始就喜歡藍色的衣服。36 歲時和成為爵士酒吧老闆的「我」重逢，沒想到之後卻突然消失，是個謎團很多的存在。

捷豹

Jaguar ／ジャガー

有氣質、性感又有運動感的英國高級汽車廠牌。在《人造衛星情人》(P.096) 中，小堇 (P.096) 墜入愛河的那名高尚韓國女性妙妙 (P.160)，就曾搭乘擁有 12 個汽缸的深藏青色捷豹。在《刺殺騎士團長》(P.063) 中，有錢人免色 (P.164) 則擁有兩台捷豹。

爵士

jazz ／ジャズ

村上的作品中有出現非常多爵士，而在出道前，村上也曾在爵士雜誌上撰寫原稿。1974 年，在他和陽子夫人一同開設爵士咖

jazz

啡廳「彼得貓」(P.133)之前，夫婦兩人曾在水道橋的爵士咖啡廳「Swing」打工過。榮獲群像新人文學獎(P.068)時，村上在雜誌的報導上以「擁有三千張唱片的爵士咖啡廳店長」這般特色新人被隆重介紹。

爵士佳話

Jazz Anecdotes／ジャズ・アネクドーツ ㊞

1950年代活躍於美國的爵士樂手、爵士評論家比爾・克勞統整業界不為人知故事的一本書。路易・阿姆斯壯徹底打敗對手、比莉・哈樂黛在巴士中大賺一筆的故事等等，有許多佳話（逸聞秘話）。聽說村上看了以後也大笑好幾次。

新潮社，2005年

尚盧・高達

Jean-Luc Godard／ジャン＝リュック・ゴダール ㊇

代表法國新浪潮的法國電影導演。據說村上在高中時，曾拼命地想在神戶的ArtTheater看高達。在能透過信件交流的期間限定網站「村上的地方（村上さんのところ）」上，對於讀者的提問——「如果要選三部高達的作品的話」，村上回應為《賴活》、《已婚女人》和《阿爾發城》。在短篇〈起司蛋糕形的我的貧窮〉(P.109)中，關於「我」與妻子住的「三角地帶」，他曾說「因此我們這種communication意見溝通的切斷或分裂，像極了尚魯克高達的電影風格」。

十二瀧町

Jyunitaki-cho／十二滝町

登場於《尋羊冒險記》(P.134)中的虛構城鎮。從札幌往北260公里、為全日本第三名的赤字路線（意指日本國鐵規劃要停止營運的地方鐵路線）、有12條瀑布……從這些描寫來看，一般認為其原型是位於旭川(P.037)北方的美深町(P.136)仁宇布（にうぷ，niupu）地區。在飼養羊隻的松山農場民宿「Farm inn tonttu」中，每年都會舉辦村上春樹的草原朗讀會。此地成了世界各地村上粉絲都會造訪的知名地點。

舒伯特

Franz Schubert／シューベルト ㊇

根據《給我搖擺，其餘免談》(P.045)所述，村上在舒伯特的眾多鋼琴奏鳴曲中，最喜歡的作品是《第17號鋼琴奏鳴曲D850》。他曾雖說這曲子冗長又無趣，卻也評論其「前奏流露出深奧的精神」。在《海邊的卡夫卡》(P.048)中有一幕，是大島先生(P.051)針對這首曲子，評論「因為要完美地演奏法蘭茲・舒伯特的鋼琴奏鳴曲，是世界上最困難的作業之一。（中略）尤其這首D大調的奏鳴曲更是特別難彈」。

小確幸

A Small, Good Thing／小確幸

造語，因應村上所述之「微小又確實的幸福」之意。登場於《尋找漩渦貓的方法》(P.047）中。村上曾說「為了找出生活中個人的『小確幸』(雖然小，卻很確實的幸福），還是需要或多或少有類似自我節制的東西。例如忍耐著做完激烈運動之後，喝到冰冰的啤酒之類時，會一個人閉上眼睛忍不住嘀咕到:『嗯，對了，就是這個』。那樣的興奮感慨，再怎麼說就是所謂『小確幸』的真正妙味了。」順帶一提，在台灣，這個詞彙已經流行到固定下來了。

少年卡夫卡（暫譯）

Kafka on the Shore Official Magazine／少年カフカ Ⓠ

如同少年漫畫雜誌一般的書籍，整理了在完成《海邊的卡夫卡》（P.048）之前的紀錄以及1220封來自讀者的信件。收錄了珍貴的創作全紀錄，如與安西水丸（P.042）一起去製書工廠的參觀記、裝訂的不採用案、海邊的卡夫卡周邊商品一覽等。

新潮社，2003

身為職業小說家

A Novelist as a Profession／職業としての小説家 ㊔

整理身為小說家出道後到現在的紀錄，為自傳式散文。有提到文學獎、原創、長篇小說的寫作方法與持續寫作文章的態度等，集結了過去沒能提及的珍貴內容。關於自己的作品，他曾說「自我療癒」的層面很強，也有不少深奧的發言。封面照片為Akira——荒木經惟所拍攝。

Switch Publishing
2015年

書齋奇譚（暫譯）

書斎奇譚 ㊛

刊載於雜誌《Brutus》1982年6月1日號，是全集裡才能看到的珍貴短篇。前去接收老作家原稿的編輯「我」，被從不在人面前露面的老師命令進到書齋裡……如

恐怖電影般的極短篇。收錄於《村上春樹全作品 1979 ～ 1989 ⑤》。

喬治・歐威爾

George Orwell ／ジョージ・オーウェル ㊇

因描述身為指導者的豬成為獨裁者的作品《動物農莊》，以及描寫烏托邦的作品《1984 年》而出名，為英國作家與記者。《1Q84》（P.043）也可以說是《1984 年》的致敬式作品。

約翰走路

Johnnie Walker ／ジョニー・ウォーカー ㊂

登場於《海邊的卡夫卡》（P.048）中，為假扮成威士忌標籤人物的男人。他會襲擊附近的貓並殺了牠們。一般認為是主角田中卡夫卡（P.108）的父親。原意為世界知名的蘇格蘭威士忌品牌。

約翰・艾文

John Irving ／ジョン・アーヴィング ㊇

因作品《蓋普眼中的世界》、《新罕布夏旅館》、《心塵往事》等而出名的美國小說家。處女座《還熊自由（暫譯）》（P.066，熊を放つ）為村上翻譯。登場於《罕布夏旅館》中那名披著熊毛皮的家裡蹲少女蘇西，或許就是「羊男」（P.134）的原型。

約翰・柯川

John Coltrane ／ジョン・コルトレーン ㊇

以身為美國的摩登爵士巨人而出名的薩克斯風演奏者。也是知名音樂劇《真善美》的曲子及 JR 東海「來吧，去京都（そうだ 京都、行こう）」的 CM 曲——《My Favorite Things》的演奏家。在少年田村卡夫卡（P.108）進入森林的場景中播放。柯川也常出現在《挪威的森林》（P.125）、《舞・舞・舞》（P.109）之中。

白妞

Shiro／シロ ㊜

登場於《沒有色彩的多崎作和他的巡禮之年》（P.084）中主角作（P.107）的高中時代朋友五人組其一。名字為白根柚木（しらねゆずき，shiraneyuzuki），暱稱為白妞。很內向，卻是名出色的美女。擅長彈鋼琴，時常彈奏李斯特（P.143）的曲子《鄉愁》（P.177）。

新海誠

Makoto Shinkai／新海誠 ㊇

因話題作品《你的名字》而出名的動畫電影導演、小說家。為村上作品的愛好者，曾說過「受到了無法逃避的影響」。第一次看的作品為《挪威的森林》（P.125），據說到現在還會反覆閱讀其初期的短篇集，深受村上獨特的描寫吸引（取自學研mook《想知道村上春樹》（暫譯，村上春樹を知りたい）2013年刊）。

神宮球場

Jingu Stadium／神宮球場

1978年，村上29歲時決定寫小說的紀念性場所。據說那正是他橫躺在神宮球場的外野席草皮上，觀看著東京養樂多對廣島一戰時，養樂多的先發打擊手戴夫·希爾頓往左中方打出二壘安打的瞬間。

新宿

Shinjuku／新宿 ㊞

村上作品中最常出現的街道之一。據說村上在學生時代，曾於新宿的唱片行打工。以《1Q84》（P.043）的主角天吾（P.113）為首，主角們最常拜訪的書店鐵定就是紀伊國屋書店的新宿本店了。在《挪威的森林》（P.125）中有描寫於爵士咖啡廳「DUG」（P.106）喝酒的場景，《發條鳥年代記》（P.124）中寫了西新宿高樓大廈街的長椅，在《沒有色彩的多崎作和他的巡禮之年》（P.084）中，巨大的新宿車站則是擔任了重要的角色。

人生微小的煩憂（暫譯）

The Little Disturbances of Man／人生のちょっとした煩い ㊫

一生中只出版三部作品的美國文學界魅力作家——格拉斯·佩利（P.067）於1959年發表的處女作。為總共收錄了10篇的短篇集。用獨特的文體，描繪日常生活幽默的作品，以及些許不可思議的軼事。正因為佩利是趁著做家事與育兒的空檔在廚房寫作，村上初期的作品才會在廚房寫，可謂其魅力之一。

文藝春秋，2005 年

致命一擊

Shot in the Heart ／心臓を貫かれて ㊟

加里・吉爾莫，是在美國猶他州擊殺兩名青年，期望自己死刑的知名殺人犯。此為他的弟弟，也就是音樂寫手米卡爾・吉爾莫（P.154）所撰寫的非虛構式文學。有家庭暴力、虐待兒童等，為闡述自己生長環境的衝擊性作品。1994 年翻譯，影響了當時村上執筆的《發條鳥年代記》（P.124）與之後的《地下鐵事件》（P.042），為相當重要的著作。

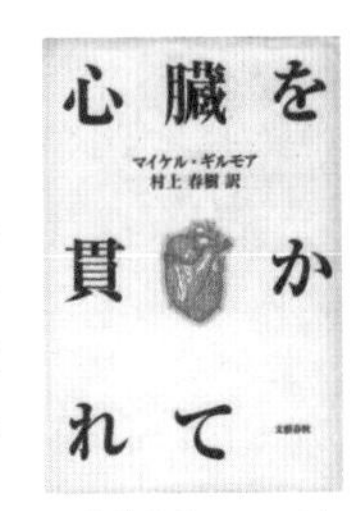

文藝春秋，1996 年

菅止戈男

Shikao Suga ／スガシカオ ㊟

在散文集《給我搖擺，其餘免談》（P.045）的章節〈菅止戈男柔軟的渾沌〉中，有針對其特色的中心旋律、歌詞，熱情地解說魅力所在。事實上，村上在專輯《THE LAST》的封套內容介紹上寫說自己是他的大粉絲，甚至總在車裡聽著他的歌。在《黑夜之後》（P.038）中，也有提到 7-11 在播放曲子《Bomb Juice》的場面。

史考特・費茲傑羅

Francis Scott Fitzgerald ／スコット・フィッツジェラルド ㊟

村上受到影響最深的美國作家。他曾在《史考特・費茲傑羅之書（暫譯）》（P.079，ザ・スコット・フィッツジェラルド・ブック）中說過，史考特是他為了看清自己身為小說家的定位的「其中一個規範、標準」，為相當特別的存在。如果被問到「請舉出在過去人生中所邂逅的最重要的三本書」，他會毫不猶豫說史考特的《大亨小傳》（P.068）為第一名，其後是《卡拉馬助夫兄弟們》（P.061）和《漫長的告別》（P.180）。在《我失落的城市》（P.154）、《史考特·費茲傑羅之書（暫譯）》（P.079，ザ・スコット・フィッツジェラルド・ブック）、《重返巴比倫 The Scott Fitzgerald Book 2》（P.128）、《冬之夢》（P.142）中，可以閱讀到村上翻譯的作品。

《聽風的歌》

電影上映：1981 年
製作國家：日本
導演：大森一樹
演出：小林薰、真行寺君枝、巻上公一、室井滋等

King Record

《森林彼方》
（暫譯，森の向う側）

電影上映：1988 年
製作國家：日本
原作：〈泥土中她的小狗〉
導演：野村惠一
演出：北川修、一色彩子等

Bandai Music Entertainment

《遇見百分百的女孩／襲擊麵包店》

電影上映：1982 年
製作國家：日本
原作：《四月某個晴朗的早晨遇見100%的女孩》、《襲擊麵包店》
導演：山川直人
演出：室井滋等

JVD

拍成電影的村上春樹
（用影像翻譯的微小之事）

村上世界總被說很難拍成電影。1980 年代《聽風的歌》與短篇〈泥土中她的小狗〉、《四月某個晴朗的早晨遇見100% 的女孩》、《襲擊麵包店》被拍成了電影，不過在之後幾年就都沒有出現電影改編作品了。然而，2005 年由一成尾形和宮澤理惠主演的電影《東尼瀧谷》在海外獲得好評，並於瑞士的盧卡諾影展三度榮獲評審團特別獎。再者，2010 年的電影《挪威的森林》上映後，更引發了大話題。自那以後，就持續呈現在國外拍成電影的逆進口狀態，如《神的孩子都在跳舞》、《麵包店再襲擊》等。2018 年，日本及韓國分別決定要將短篇〈哈那雷灣〉和短篇〈燒穀倉〉翻

column 03 movie

《東尼瀧谷》

日本 NBC 環球娛樂

電影上映：2005 年
製作國家：日本
導演：市川準
演出：一成尾形、宮澤理惠等

《挪威的森林》

日本索尼影視娛樂

電影上映：2010 年
製作國家：日本
導演：陳英雄
演出：松山研一、菊池凜子、水原希子、玉山鐵二等

《麵包店再襲擊》

BN Films

電影上映：2010 年
製作國家：墨西哥、美國
導演：卡洛斯・科朗
演出：克絲汀・鄧斯特、布萊恩・格拉格提

《神的孩子都在跳舞》

Happinet

電影上映：2010 年
製作國家：美國
導演：Robert Logevall
演出：陳沖、廖炳勝

拍成電影，感覺今後會更加盛況空前。

順帶一提，也有不少村上翻譯的小說拍成了影像作品。知名的，有以《大亨小傳》為原作翻拍的電影《大亨小傳》（有勞勃・瑞福主演的1974 年版，以及李奧納多・狄卡皮歐主演的2013 年版等），以及奧黛麗·赫本主演的《第凡內早餐》。其他還有以瑞蒙・卡佛9 篇短篇和詩集為原型的電影《銀色・性・男女》，以及雷蒙・錢德勒的《夜長夢多》（原作：《大眠》）、《再見，吾愛》、《漫長的告別》等，也很推薦比較和書籍的不同之處。

星際大戰

Star Wars／スター・ウォーズ

在散文集《懷念的1980年代》（P.079）中，村上寫到他去電影院看了三次的《星際大戰六部曲：絕地大反攻》。村上說用叫聲「唔喔——」或「嘎——」就能解決大多事情的「丘巴卡」很可愛，並闡述「用這種程度的詞彙就能滿足要事，之後還能時常在一面與帝國軍進行空中站的情況下度過人生，實在是何等幸福啊」。在《關於電影的冒險（暫譯）》（P.049，映画をめぐる冒）中，他形容《星際大戰五部曲：帝國大反擊》裡被帝國軍追趕而逃到宇宙的模樣就宛如《平家物語》（P.145）一般。此外，在《尋羊冒險記》（P.134）中，也有一幕描寫主角在常去的食堂中一面聽著梅納佛格森的《星際大戰》，一面喝咖啡。

星巴克咖啡

Starbucks Coffee／スターバックス　コーヒー

誕生於美國西雅圖的世界超人氣咖啡連鎖店。自從在《黑夜之後》（P.038）的對話中出現「星巴克瑪奇朵咖啡」以來，就時常會寫入作品之中。在《沒有色彩的多崎作和他的巡禮之年》（P.084）裡，回到故鄉名古屋的多崎作（P.107）和藍仔（P.035）會面的地方即是此地，此外，在《刺殺騎士團長》（P.063）中也有出現台詞「用紙杯喝STARBUCKS咖啡自豪的年輕傢伙」。

史坦蓋茲

Stan Getz／スタン・ゲッツ Ⓐ

正如同在作品《爵士群像》（P.147）中提到了台詞「過去我曾經沉迷於許多小說，著迷於各種爵士樂中。但最後我還是覺得唯有費茲傑羅（P.091）的才稱得上小說（the Novel），史坦蓋茲（Stan Getz）才算得上爵士（the Jazz）」一般，這位是村上敬愛的美國薩克斯風演奏者。在《1973年的彈珠玩具》（P.097）中，也有播放他的曲子《Jumpin' With Symphony Sid》

史蒂芬・愛德溫・金

Stephen Edwin King／スティーヴン・キング Ⓐ

因作品《鬼店》、《站在我這邊》、《刺激1995》、《綠色奇蹟》等而出名的美國小說家。在《村上春樹雜文集》（P.162）中，有收錄一篇文章〈史蒂芬・金的絕望和愛——良質的恐怖表現〉，村上說「史蒂芬・金所思考的恐怖的質，如果以一句話說出，就是『絕望』」，作為粉絲，讚頌了他描寫「恐怖」的方式。

運動鞋

sneakers／スニーカー

提到村上，就會強烈有種他總是穿著運動鞋的印象。在《村上收音機》（P.163）的〈說到西裝〉中，就有提到他在領《聽風的歌》（P.058）的群像新人文學獎（P.068）時，穿著在青山的VAN特賣會上買到的橄欖色棉質套裝及一般的白色運動鞋出席。總覺得這是很村上風格的自由象徵。

義大利麵

spaghetti／スパゲティー

《發條鳥年代記》（P.124），是從「我」在水煮義大利麵〔意大利麵〕時接到謎樣電話的場景開始的。他簡直將義大利麵，描寫成引發往後「混亂」的象徵性存在。如同《尋羊冒險記》（P.134）中的「鱈魚子義大利麵」和《舞・舞・舞》（P.109）中「到頭來沒能吃到的火腿義大利麵」等等，是初期作品中一定會出現的料理。

義大利麵之年

The Year of Spaghetti／スパゲティーの年に 短

紀錄得到了巨大的鋁鍋後，1971年那年春夏秋冬不斷水煮義大利麵的過程。順帶一提，講到1971年，村上和大學的同學陽子夫人結婚了。他借住在於文京區經營寢具店的老婆娘家，白天在唱片行打工，晚上則在咖啡廳上班。收錄於《看袋鼠的好日子》（P.062）。

速霸陸

Subaru／スバル

於黑夜中閃耀的六連星成為標誌的汽車品牌。《舞・舞・舞》（P.109）中「我」所乘坐的車就是老舊型的速霸陸。描寫成如同「我」的一部分，好比「簡直就像我自己的身分似的身架狹小的舊型Subaru」的表現，以及在和雪（P.169）的對話中提到「不過坐著好像有一點親密感」、「我想那大概是因為我很愛這部車子的關係吧」一般。另一方面，在《刺殺騎士團長》（P.063）中，作為邪惡的象徵，有出現一名乘坐「白色速霸陸 Forester」的男性。

人造衛星情人

Sputnik Sweetheart／スプートニク恋人 長

主角「我」、立志成為小說家，也是我喜歡的女性朋友「小菫」（P.096）以及小菫喜歡上的那位大她17歲的女性「妙妙」（P.160），這三人的奇妙三角關係戀愛故事。從把「劈頭族（Beatnik）」誤解成「人造衛星（Sputnik）」開始，小菫就偷偷稱呼妙妙為「人造衛星（sputnik）情人」。不久，小菫在希臘的小島上消失匿跡，失蹤到「那一方」的世界。是在《地下鐵事件》（P.042）之後所撰寫的作品，村上曾說本作品是「寫著最享受的極右翼小說」。人造衛星意指舊蘇聯的人造衛星，在本作中成為表示「孤獨」的關鍵字。

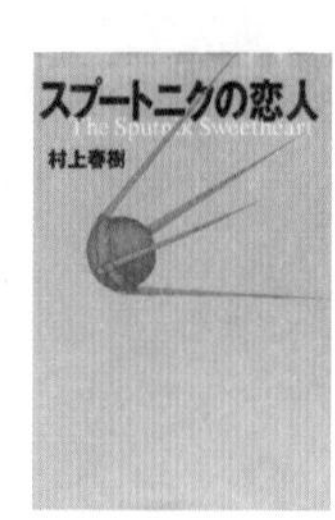

講談社，1999年

小菫

Sumire／すみれ 登

《人造衛星情人》（P.096）中的22歲女性。名字取自莫札特（P.165）的歌曲《紫羅蘭（菫）》。在吉祥寺一個人生活，熱愛傑克・凱魯亞克等的文學。喜歡大她17歲的女性「妙妙」（P.160）。

世界末日與冷酷異境

Hard-Boiled Wonderland and the End of the World／世界の終りとハードボイルド・ワンダーランド ㊮

由「世界末日」與「冷酷異境」這兩個世界交互進行，為描寫平行世界的傑作。榮獲第21界谷崎潤一郎獎。「世界末日」的舞台是被高牆包圍而沒有與外界接觸的城鎮，「我」從獨角獸（P.044）的頭骨閱讀夢境，安靜地生活。另一方面，「冷酷異境」是個組織（System）與工廠（Factory）競爭的世界，身為計算士的「我」追尋著被編入自我意識中的思考迴路的祕密，為冒險故事。發表於《文學界》1980年9月號的短編〈城鎮與不確實的牆壁（暫譯）〉（P.157，街と、その不確かな壁）為其原型，但該作品完全沒有編成書，成為了奇幻。引用了Skeeter Davis於1962年發表的曲子《The End of the World》（中譯為世界末日）之歌詞，給予了故事靈感。

新潮社，1985年

七月，七月（暫譯）

July, July／世界のすべての七月 ㊙

村上翻譯《原子時代（暫譯）》（P.122，ニュークリア・エイジ）、《士兵的重負》（P.149）後，所譯的第三本提姆・奧布萊恩（P.112）作品。能夠感受到村上的愛情，雖然每翻一頁都會覺得寫得很爛，卻不知不覺陷進去那種「高品質的爛」。描述1969年在同一間大學畢業後，時隔30年召開同學會的男男女女故事。為一部各自隱藏著祕密過去的倒敘式戲劇，與《沒有色彩的多崎作和他的巡禮之年》（P.084）相似。

文藝春秋，2004年

塞隆尼斯・孟克所在的風景（暫譯）

Landscape Had of Thelonious Monk／セロニアス・モンクのいた風景 ㊙

由村上整理與爵士鋼琴家——塞隆尼斯・孟克有關之文章的翻譯、散文集。封面原本決定由安西水丸（P.042）所繪，但因為他2014年3月19日突然過世，就改由和田誠（P.183）代替其繪製。封面圖像中將hi-lite香菸遞給孟克的，是年輕時的水丸。

新潮社，2014年

1973年的彈珠玩具

Pinball, 1973／1973年のピンボール ㊮

尋找夢幻彈珠機器「宇宙飛船」的故事。某個星期天，獨居的「我」睜開眼睛，就發現身旁躺著一對雙胞胎少女（P.142）——本書因為這知名的發展而闖出名號。為《聽風的歌》（P.058）之後的「我與老鼠四部曲」之第二部作品，交互闡述在東京與雙胞胎少女生活的「我」，以及留在故鄉神戶的「老鼠」（P.124）的日常。書中布滿著不可思議的記號，如雙胞胎的「208」與「209」、「配電盤的喪禮」（P.126）等等，村上世界在眼前綻放。

講談社，1980年

1963/1982 年的伊帕內瑪姑娘

The Girl from Ipanema, 1963/1982 ／
1963/1982 年のイパネマ娘 ㊢

因巴薩諾瓦的名曲《伊帕內瑪姑娘》激發靈感，為用言語點綴的散文式作品。村上曾說「〈1963/1982 年的伊帕內瑪姑娘〉的地位，就相當於理查·布羅提根（P.175）的《在美國釣鱒魚》。若舉我的作品為例，我想就類似於〈貧窮叔母的故事〉（P.137）吧」。收錄於《看袋鼠的好日子》（P.062）。

千駄谷

Sendagaya ／千駄ヶ谷 ㊞

將爵士咖啡廳「彼得貓」（P.133）從國分寺搬遷到千駄谷以後，村上的運氣大開，故為重要的場所。據說離店裡很近的鳩森八幡神社，是村上在千駄谷最喜歡的地方。位於神宮球場（P.090）、坐擁獨角獸（P.044）雕像的聖德紀念繪畫館、青山（P.036）等徒步圈內，成為許多作品的舞台。現在，「彼得貓」的遺址成了居酒屋，可以感受到當時的痕跡。

そ

大象

elephant ／象

在全世界被視為神聖動物的大象。在村上的作品中，「大象工廠」與「消失的大象」這類單字會時常出現。大象大多象徵智慧、忍耐、忠誠、幸運、地位、強壯、巨大等，給予故事深度。

綜合小說

general fiction／総合小説

意指集結了故事所有要素的綜合式小說。村上曾說過，他以杜斯妥也夫斯基（P.116）的作品——《卡拉馬助夫兄弟們》（P.061）這類集結了宗教、家人親情、憎恨、忌妒等所有要素的作品為目標。

象工場的 HAPPY END

Happy-end of Elephant Factory／
象工場のハッピーエンド ㊊

第一部與安西水丸（P.042）共同著有的作品。能夠享受13篇與繽紛插畫相爭的極短篇集。有〈CUTTY SARK 本身的廣告〉、〈一種喝咖啡的方法〉、〈雙子鎮的雙子節〉等，蘊含了許多能夠讀解村上文學的提示性作品。

舊版 CBS Sony 出版，1983 年／新版 講談社，1999 年

喪失感

loss／喪失感

若提到村上作品中的重要關鍵字，那就是「孤獨感」與「喪失感」。在韓國，《挪威的森林》（P.125）甚至還以《喪失的時代》作為書名來發售。在《沒有色彩的多崎作和他的巡禮之年》（P.084）中，也有句台詞:「我們在人生的過程中逐漸一點一點地發現真正的自己，然後越發現卻越喪失自己」。

大象／通往瀑布的新路（暫譯）

Elephant／A New Path to the Waterfall／
象／滝への新しい小径 ㊌

瑞蒙・卡佛（P.177）最晚年的短篇，也是成了他遺作的詩集。描述他從酒精成癮中重新站起來，穩當度過人生最後的十年。他在撰寫最後的短篇〈差事〉時宣告罹癌，因此他在寫這部作品的時候早已意識到死亡。

中央公論社
1994 年

對了，來問問村上先生吧─世人不管三七二十一扔給村上春樹的282個大疑問，村上先生到底能答上幾個？（暫譯）

「そうだ、村上さんに聞いてみよう」と世間の人々が村上春樹にとりあえずぶっつける282の大疑問に果たして村上さんはちゃんと答えられるのか？Ⓠ

編輯「村上朝日堂網站」上讀者寄來的交換信件並加以整理。有「是如何禁菸的？」、「羊男是人還是羊？」、「挪威的森林的裝訂意義是？」、「有受到馮內果的影響嗎？」等等，村上會率直回答讀者想問的問題。

朝日新聞社 2000年

裝訂

binding／装丁

村上對於書籍的裝訂有很強烈的堅持。在新潮社裝幀室任職，且長年以來都負責村上作品的高橋千裕小姐據說在處理《發條鳥年代記》（P.124）的單行本裝訂時一直沒有獲得村上的肯定，為了尋找不可思議鳥類的形象，還去了峇里島。因紅綠色這聖誕節顏色，對比出生死的鮮明設計而造成話題的《挪威的森林》（P.125），是村上親手裝訂的。

象的消失

The Elephant Vanishes／象の消滅 ㊰

在美國首度出版的村上短篇集日文版本。在Kunopuffu社的選書下，從初期的短篇中截選了以下17篇。〈發條鳥和星期二的女人們〉（P.124）、〈麵包店再襲擊〉（P.131）、〈袋鼠通信〉（P.062）、〈四月某個晴朗的早晨遇見100%的女孩〉（P.083）、〈睏〉（P.124）、〈羅馬帝國的瓦解‧1881年群起反抗的印地安人‧希特勒入侵波蘭‧以及強風世界〉（P.180）、〈雷德厚森〉（P.179）、〈燒穀倉〉（P.121）、〈綠色的獸〉（P.158）、〈家務事〉（P.137）、〈窗〉（P.128）、〈電視人〉（P.113）、〈開往中國的慢船〉（P.110）、〈跳舞的小人〉（P.052）、〈下午最後一片草坪〉（P.072）、〈沉默〉（P.111）、〈象的消失〉（P.100）。

新潮社，2005年

象的消失

The Elephant Vanishes／象の消滅 ㊲

有一天，大象與男飼養員消失了。明明只是如此，卻以壓倒性人氣為傲的短篇小說。英文版《The Elephant Vanishes》是由傑‧魯賓（P.082）翻譯，因1991年刊載於雜誌《紐約客》上，成了村上在美國闖出名號的契機作品。被選為NHK廣播第2頻率的語學節目「用英語讀村上春樹（英語で読む村上春樹）」的最初教材，還發行了教科書單行本《村上春樹『象的消失』英譯完全讀解》（暫譯，村上春樹「象の消滅」英訳完全読解，NHK出版）。收錄於《麵包店再襲擊》（P.131）。

那天以後（暫譯）

Later the Same Day／その日の後刻に ㊩

正如同村上熱情闡述說「為何我喜歡這個

人的作品呢？為何她所寫的三本短篇集都得由我翻譯不可呢？」他翻譯了格拉斯・佩利（P.067）的全作品，此為好不容易出版的最後短篇集。收錄了17篇短篇、散文與重要的長篇訪談。

文藝春秋
2017 年

飛天貓

Catwings／空飛び猫 ㊞

村上翻譯的娥蘇拉・勒瑰恩（P.034）奇幻繪本。在都市作為野貓生存的4隻小貓，不知為何長著羽翼。不久，4 隻貓離開母親身邊，出發旅行。牠們困於沒有食物，又被鳥類攻擊，最後遇上了人類……就是這樣的故事。全系列共有四部作品。

[圖説]《飛天貓》講談社，1993 年
《飛天貓回家》講談社，1993 年

《飛天貓與酷貓》講談社，1997 年
《獨立的珍 》（暫譯，Jane on Her Own）講談社，2001 年

殭屍

Zombie／ゾンビ ㊟

某位男女在深夜，步行於墓地旁的街道。接著，男人突然因為「蘿蔔腿」、「耳朵的洞裡面有三顆痣」等理由而罵了女人。受到麥可・傑克森大受歡迎的影像作品《顫慄》影響，為致敬式作品。收錄於《電視人》（P.113）。

挪威的森林

英文（USA）版

法文版

德文版

義大利文版

西班牙文版

加泰隆尼亞文版

阿拉伯文版

丹麥文版

塞爾維亞文版

中文版

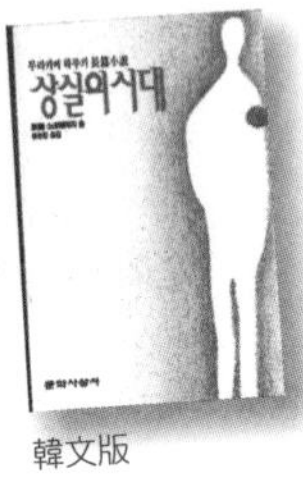

韓文版

印尼文版

裝訂巡禮冒險

全世界的村上春樹與翻譯仙境

現在，村上的作品被翻譯成全世界50個以上的國家、地區的語言，並加以出版。其中一個魅力，就是「視覺」。由於配合各國文化的形象販售，因此也有不少人不認為作者是日本人。在歐洲，書籍會用照片裝訂，美國採用流行設計，亞洲則大多可見利用獨特插畫的表現。有時書名也會和原作完全不同，如《挪威的森林》的法文版書名為《無旋之樂（La ballade de l'impossible）》，德文版為《直子的微笑（Naokos Laecheln）》，西班牙語版和義大利版則是《東京藍調（Tokio Blues）》。韓文一開始的翻譯版書名為《喪失的時代》。除了封面設計以外，能讓人自然融入各國文化圈的設計與販賣方式也很耐人尋味。

column 04 book design

1Q84

英文（USA）版

法文版

義大利文版

芬蘭文版

喬治亞文版

保加利亞文版

蒙古文版

泰文版

尋羊冒險記

法文版

義大利文版

克羅埃西亞文版

海邊的卡夫卡

英文（USA）版

英文（UK）版

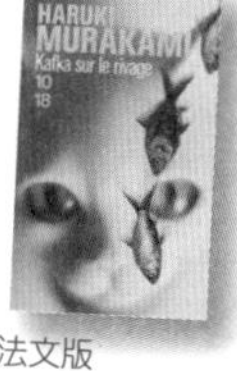

法文版

荷蘭文版

德文版

土耳其文版

阿拉伯文版

中文版

泰文版

舞・舞・舞

法文版

德文版

西班牙文版

丹麥文版

中文版

發條鳥年代記

英文（USA）版

英文（UK）版

法文版

德文版

西班牙文版

葡萄牙文版

保加利亞文版

丹麥文版

土耳其文版

世界末日與冷酷異境

英文（USA）版

英文（UK）版

法文版

義大利文版

西班牙文版

土耳其文版

俄羅斯文版

中文版

人造衛星情人

英文（USA）版

法文版

保加利亞文版

泰文版

column 04 book design

沒有色彩的多崎作和他的巡禮之年

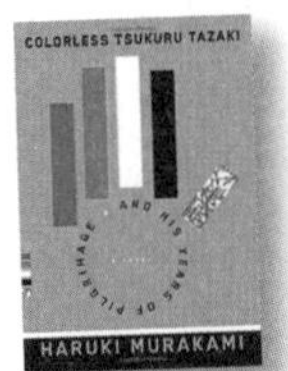

英文（USA）版

法文版

德文版

西班牙文版

加泰隆尼亞文版

芬蘭文版

塞爾維亞文版

越南文版

聽風的歌／1973年的彈珠玩具（合本）

刺殺騎士團長

英文（UK）版

中文版

中文（台灣）本

英文（USA）版

沒有女人的男人們

英文（USA）版

德文版

義大利文版

中文版

越南文版

俄羅斯文版舊版

俄羅斯文版新版

象的消失

英文（USA）版

德文版

西班牙文版

希伯來文版

た

大教堂

Cathedral／カセドラル 翻

瑞蒙・卡佛（P.177）的短篇集。成為封面書名的短篇〈大教堂（Cathedral）〉，描述妻子的一名友人羅伯特——眼睛看不見的黑人男性來到了主角「我」的家中住宿。在一起用餐、吸大麻的過程中，「我」對他開始產生了不可思議的感情。接著，兩人交疊著手，握著筆繪製大教堂。

中央公論新社 1990年

泰國

Thailand／タイランド 短

為了出席世界甲狀腺會議而造訪泰國的中年女醫生「皐月」，在山中的度假旅館休息了一個禮拜。有一天，一名治療人心的老女人對她說「妳身體裡面有石頭。（中略）妳必須把那石頭丟掉才行」，她想起了自己的過去，便一個人哭了起來。收錄於《神的孩子都在跳舞》（P.060）。

高窗

The High Window／高い窓 翻

雷蒙・錢德勒（P.177）的作品，以私家偵探菲利普・馬羅為主角的長篇系列第三作。在有錢老女人伊莉莎白默多克的委託下，尋找偷了傳家之寶——古老金幣的義女，為推理故事。

DUG

DUG／DUG

登場於《挪威的森林》（P.125）中，為新宿的爵士酒吧。渡邊徹（P.182）與綠（P.158）從大白天就開始喝伏特加湯尼（P.047）的場景相當有名。店的LOGO是由插畫家和田誠（P.183）所設計。現在，在遷移至新宿靖國通的店鋪中也可以體會和當時同樣的氣氛。

早川書房，2014年

計程車上的男人

A Man on a Taxi／タクシーに乗った男 短

故事講述工作是負責探訪畫廊的「我」，聽聞了有關一名奇妙的捷克人畫家，所畫的一幅畫《計程車上的男人》。與《刺殺騎士團長》（P.063）中主角描繪肖像畫一樣，是以「繪畫與模特兒」為主題的作品。收錄於《迴轉木馬的終端》（P.056）。

A Vampire on a Taxi

計程車上的吸血鬼

A Vampire on a Taxi ／タクシーに乗った吸血鬼 ㊞

奇妙的極短篇，描述一名計程車司機詢問我「你相信真的有吸血鬼嗎？」，並被告知說其實「我是吸血鬼」。在塞車的路上，於計程車上和司機對話的場景也有出現在《1Q84》（P.043）的開頭等等，時常會登場於村上的作品中。收錄於《看袋鼠的好日子》（P.062）。

達格・索爾斯塔

Dag Solstad ／ダーグ・ソールスター ㊇

在日本幾乎沒有人知道，但卻是代表挪威的小說家。村上翻譯的作品《Novel11, Book18（第11本小說，第18本書）》（P.125），是他被團體「文學之家」招待時，他待在奧斯陸一個月的期間於機場買的。據說他在飛機上翻了幾頁就停不下來，才開始翻譯。

多崎作

Tsukuru Tazaki ／多崎つくる ㊂

《沒有色彩的多崎作和他的巡禮之年》（P.084）的主角，是一名喜歡車站，並在鐵道公司任職的36歲男性。戀人為木元沙羅。其名古屋時代的好友名字裡面都含有「顏色」，就只有作的名字「多崎」裡沒有，因此一直有種疏離感。

能不能請你安靜點？

Will You Please be Quiet, Please? ／頼むから静かにしてくれ ㊞

瑞蒙・卡佛（P.177）的代表作，也是處女短篇小說集。收錄了〈胖子〉、〈點子〉、〈你是醫生嗎？〉等22篇。其中篇章〈阿拉斯加有什麼好？〉，對

《能不能請你安靜點？〈1〉》
中央公論新社
2006年

遊記《你說，寮國到底有什麼？》(P.174)的標題有所影響。

香菸〔香煙〕

cigarette／たばこ

村上過去曾是老菸槍，在其處女作《聽風的歌》(P.058)中，就有寫到「當我知道她死的時候，抽了第6922根香菸」等不少吸菸的場景。就連《人造衛星情人》(P.096)的小堇和《發條鳥年代記》(P.124)的笠原May(P.057)等女性角色也不例外。村上據說現在已經戒菸了，在雪梨奧林匹克的見聞錄《雪梨！》(P.084)中，他就有寫到「場內全面禁菸。到了這樣的時代，我覺得戒了菸實在是太好啦」。

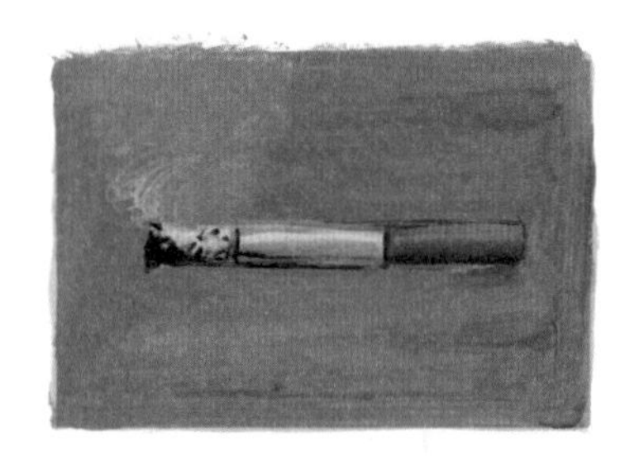

何日卿再來

The Sterile Cuckoo／卵を産めない郭公 翻

在1960年代的美國，念男校的內向學生Jerry和健談的Pookie之間的戀愛故事。屬於將村上和柴田元幸(P.085)兩人推薦的作品重新翻譯、再版的「村上柴田翻譯堂」系列。作者約翰・尼可斯撰寫了許多好萊塢的腳本，本作品也以日文的《くちづけ(吻)》翻拍成電影。

新潮文庫，2017年

Tamaru

Tamalu／タマル 登

登場於《1Q84》(P.043)，為老婦人的執事兼保鑣，也負責「柳屋敷」的安全管理。年齡為40歲左右。是前自衛隊遊騎兵的上段者，地位崇高。在戰爭結束前一年生於薩哈林，與無法回到日本的朝鮮人雙親別離，一個人前往北海道，成了孤兒。後來他因為成為養子，取得日本國籍。本名為田丸建一。會將小料理做得相當恰如其分且品質很高。

田村卡夫卡

Kafuka Tamura／田村カフカ 登

《海邊的卡夫卡》(P.048)的主角，為居住於東京都中野區野方的15歲國三生。自從4歲時母親帶姊姊離家以來，就和父親一同生活。於生日那天搭乘夜間巴士離家，開始住在高松的甲村紀念圖書館(P.071)。喜歡讀書。其名字卡夫卡，在捷克語中代表烏鴉(P.061)的意思。

沒落的王國

A Kingdom That Has Failed／駄目になった王国 短

「我」在赤坂附近的旅館游泳池畔，偶然發現了大學時代坐在隔壁的朋友——姓Q的。這位姓Q的被同行的女子倒了一身裝了可樂的紙杯。比「我」還要帥氣570倍的帥哥姓Q的，和《挪威的森林》(P.125)中的永澤兄(P.120)重疊了。收錄於《看袋鼠的好日子》(P.062)。

Dunkin' Donuts

Dunkin' Donuts ／ダンキンドーナツ

美國的甜甜圈連鎖店。1970 年首度於日本開設海外店鋪，於1998 年撤資。為村上最喜歡的速食店，主角們常吃的甜甜圈也幾乎都是 Dunkin' Donuts 。尤其是在作品《舞・舞・舞》(P.109) 中，「我」留在北海道的期間每天都會吃，更有主角闡述台詞「飯店的早餐這東西只要吃一天就膩了。還是 Dunkin' Donuts 最棒。既便宜、咖啡又可以續杯」的知名場景。

孩子們的生日（暫譯）

Children on Their Birthdays ／誕生日の子どもたち ㊋

主角全部是6 歲到18 歲的少年少女，由楚門・卡波提（P.117）所撰寫的短篇集。除了村上已經翻譯好的3 篇作品《特別的聖誕節》(P.040)、《憶爺爺（暫譯）》(P.052，おじいさんの思い出)、《聖誕節的回憶》(P.067) 外，還加上了描述以聖誕節、感謝祭為題材的「純真」故事3 篇，收錄了共6 篇故事。

文藝春秋，2002年

舞・舞・舞

Dance Dance Dance ／ダンス・ダンス・ダンス ㊎

身為自由作家持續進行「文化上的剷雪」(P.144) 的「我」，再度造訪北海道的「海豚飯店」(P.046)，並與羊男（P.134）重逢。接著，我發現耳朵擁有特別力量的前女友奇奇（P.063）出現在國中時身為超人氣演員的同班同學——五反田君（P.072）所主演的電影中，並決定要尋找她。接續《聽風的歌》(P.058)、《1973 年的彈珠玩具》(P.097)、《尋羊冒險記》(P.134)，為「我與老鼠四部曲」的最終章。是一部充滿對80 年代那高度資本主義社會批判的作品。

上卷下卷 講談社，1988年

起司蛋糕形的我的貧窮

My Poor Shape Like a Cheesecake ／チーズ・ケーキのような形をした僕の貧乏 ㊐

類似短篇的自傳式散文故事，描寫位於東京國分寺市西戀窪，被 JR 中央本線與西武國分寺線包夾的「三角地帶」中所展開的事件。事實上，這是村上夫妻1970 年代前半段生活的地方，那時候的家現在依然留著。收錄於《看袋鼠的好日子》(P.062)。

奇普・基德

Chip Kidd／チップ・キッド ㊅

世界知名的美國平面設計師，負責裝訂許多村上的作品。村上在《村上春樹雜文集》（P.162）中，曾說到在美國出版短篇集〈象的消失〉（P.100）時，被使用了「十九世紀蒸汽火車頭」似的大象插畫那嶄新程度給衝擊到了。

開往中國的慢船

A Slow Boat to China／
中国行きのスロウ・ボート ㊇

村上最初的短篇小說集，1983年出版，相當值得紀念。這也是和負責封面插畫、裝訂的安西水丸（P.042）首次合作。書名取自桑尼・羅林斯的知名演奏作品《On A Slow Boat to China》，除了因此獲得靈感而寫出來的標題作品〈開往中國的慢船〉（P.110）以外，還收錄了〈貧窮叔母的故事〉（P.137）、〈紐約炭礦的悲劇〉（P.122）、〈袋鼠通信〉（P.062）、〈下午最後一片草坪〉（P.072）、〈泥土中她的小狗〉（P.111）、〈雪梨的綠街〉（P.085）共7篇。

中央公論新社
1983年

開往中國的慢船

A Slow Boat to China／
中国行きのスロウ・ボート ㊍

正如同篇中敘述「高中因為是在一個港都念的，因此我周圍有相當多的中國人」一般，是村上的自傳要素很強烈的作品。故事內容圍繞著「我」回想在小學、大學和成為社會人士時遇到的3名中國人。

中斷的蒸氣熨斗把手（暫譯）

中断されたスチーム・アイロンの把手 ㊍

收錄於安西水丸（P.042）著作《POST CARD》（1986年）的連作短篇，是沒有收錄在全集中的夢幻作品。為玩笑式的故事，水丸的本名「渡邊昇」以「壁面藝術家」的身分登場。當時村上因《挪威的森林》（P.125）引發話題，而此為詼諧模仿村上本身的作品。

調理好的青菜

torture lettuce／調教済みのレタス

在《舞・舞・舞》（P.109）中，主角將青山的高級超市——紀之國屋賣的蔬菜如此稱呼。由於很耐放，才想說是不是在營業結束後偷偷把這些蔬菜聚集起來「調理」，為村上作品中特別知名的比喻。和脆脆的三明治（P.081）最搭。

巧克力與鹽仙貝

chocolate & salt craker／
チョコレートと塩せんべい

在村上與柴田元幸（P.085）談論關於翻譯的對談集《翻譯夜話（暫譯）》（P.149，翻訳夜話）中，村上稱寫小說與翻譯的關係為「下雨天的露天澡堂系統」。他似乎在比喻一整天可以在如同被雨水打著感到寒冷，又在露天溫泉裡暖了身這種交互中度過。他還說「也可以稱之為巧克力與鹽仙貝」。

沉默

The Silence／沈黙 ㊟

以眼睛不可見的「欺凌」本質為主題的短篇。大澤先生曾對「我」坦言自己有打過人一次。在開始練拳擊的國二那時候，他因為被同學謠傳虛假的傳聞，便在盛怒之下揍了人。他上了高中後被同一個男人復仇，因此在學校遭到排擠。闡述沉默集團心理恐懼的作品。收錄於《萊辛頓的幽靈》（P.178）中。後來被採用為全國學校圖書館協議會的集團讀書教科書，也收錄在《初見的文學 村上春樹（暫譯）》（P.126，はじめての文学　村上春樹）中。

沒有用途的風景（暫譯）

Useless Landscape／使いみちのない風景 ㊔

村上和攝影師稻越功一所著的相片散文集，為接續《海浪的畫，海浪的故事（暫譯）》（P.121，波の、波の話）的第二部作品。裡面還收錄了在撰寫《挪威的森林》（P.125）時希臘島的樣子，以及養20～30隻貓的故事等等珍貴軼話。書名引用自安東尼奧・卡洛斯・裘賓的曲子《Useless Landscape》。

中公文庫，1998年

泥土中她的小狗

Her Little Dog in the Ground／
土の中の彼女の小さな犬 ㊟

描述一對男女在海邊的度假旅館邂逅並心靈契合的短篇。「我」正在玩猜那女人是

什麼人物的遊戲，結果不小心說了多餘的話。對方說，她小時候很疼愛的小狗死了，便將屍體和存摺一起埋在庭院的一小角，一年後才挖了出來。1988 年翻拍成電影《森林彼方（暫譯）》（P.165，森の向う側）。收錄於《開往中國的慢船》（P.110）。

狄克諾斯

Dick North ／ディック・ノース 登

登場於《舞・舞・舞》（P.109）中，為在越戰中失去一隻手的詩人。「我」在海豚飯店邂逅了雪（P.169），而他是雪的母親雨的戀人。擅長料理，招待「我」美味的小黃瓜火腿三明治。

第凡內早餐

Breakfast at Tiffany's ／ティファニーで朝食を 翻

楚門・卡波提（P.117）的小說，因由奧黛麗・赫本主演翻拍成電影而出名。描述在紐約社交界暢快生活的新人女演員荷莉・葛萊特利的故事。可以感受到村上文學根源的作品，如台詞「喝了甚至可以幫大象洗澡的葡萄酒」等。

新潮社，2008年

提姆・奧布萊恩

William Timothy "Tim" O'Brien ／ティム・オブライエン 人

在越戰結束回歸後進入哈佛研究所，以新聞記者的身分一邊工作一邊寫小說的美國小說家。以越戰為主題的非虛構式文學短篇集《士兵的重負》（P.149）與《原子時代（暫譯）》（P.122，ニュークリア エイジ）、《七月，七月（暫譯）》（P.097，世界のすべての七月）皆由村上翻譯，因此相當知名。

大衛・林區

David Lynch ／デヴィッド・リンチ 人

因《橡皮頭》、《象人》等奇特的影像呈現方式而出名的美國電影導演。村上喜歡他執導的作品《穆荷蘭大道》。此外，村上也承認自己的作品受到他的影響，他曾說他很迷《雙峰》，並說過「由於住在美國時，這些電影會即時播放，因此我每週都很期待去看。那時候我正好在寫《發條鳥年代記》（P.124），我想多少有受到一點影響吧」。

艾靈頓公爵

Duke Eligton ／デューク・エリントン 人

因爵士樂名曲《搭 A 列車去吧》等而出名的美國爵士樂作曲家、鋼琴演奏家。一生中創作出超過1500 首曲子以上的傳說級藝術家。在播放爵士樂的高級酒吧「知更鳥巢」（P.180）成為故事主要舞台的《國境之南・太陽之西》（P.072）中，以「羅密歐與茱麗葉」這般悲情戀人為靈感所創作的曲子《惡星情人》（Star-Crossed

Lovers）是主角阿始喜歡的曲子，時常出現在作品中。

戴立克・哈德費爾

Derek Hartfield／デレク・ハートフィールド 登

登場於《聽風的歌》（P.058）中的虛構作家，留下《火星的井》（P.057）等作品，在六月某個晴天的星期日早晨，他右手抱著希特勒的肖像畫，左手撐著傘，從帝國大廈的屋頂跳樓身亡。主角「我」最受影響的人物。據說在出版當時，圖書館裡的相關諮詢增加，導致管理員們都相當困擾。

電視人

TV People／TVピーポル 集

由佐佐木 Maki（P.078）繪製封面插畫，有點超現實主義的短篇集。由於發表《挪威的森林》（P.125）後的反響，村上曾有一年的時期寫不出小說。成為他恢復契機的兩部作品就是〈電視人〉（P.113）和〈睡〉（P.124），據說

文藝春秋，1990年

是他非常喜歡的短篇故事。此外，還有〈飛機——或者他怎麼像在念詩般的自言自語呢〉（P.132）、〈我們那個時代的民間傳說——高度資本主義前史〉（P.183）、〈加納克里特〉（P.059）、〈殭屍〉（P.101）等，網羅了許多與日後作品有關的傑作。

電視人

TV People／TVピーポル 短

身為日本作家，為翻譯版本首度刊載於雜誌《紐約客》上的紀念性短篇作品。星期日傍晚，三名電視人來到了「我」的房間，並搬了電視來。按下開關，畫面就變成全白的了。是個奇妙的聲音會餘音繞樑的荒謬故事。

天吾

Tengo／天吾 登

《1Q84》（P.043）的其中一名主角，為預備學校的數學講師，馬上就要30歲了。住在高圓寺（P.069）的一間小公寓裡，一面寫小說。全名為川奈天吾。重新撰寫了17歲美少女深繪里（P.141）所寫的新人獎徵稿作品《空氣蛹》（P.065）。

と

東京奇譚集

Five Strange Tales from Tokyo／東京奇譚集 集

以「奇妙故事」為主題的五篇短篇，收錄〈偶然的旅人〉（P.065）、〈哈那雷灣〉（P.128）、〈不管是哪裡，只要能找到那個的地方〉（P.115）、〈日日移動的腎形石〉

(P.135)、〈品川猿〉(P.085)。據說是在開始繼續撰寫長篇之後，突然湧出想整理並寫個短篇的衝動，便以每週一篇的速度，花一個月就完成了。

新潮社，2005年

東京魷魚俱樂部—地球爆裂的地方(暫譯)

東京するめクラブ 地球のはぐれ方 ㊁

村上、吉本由美與都築響一一同造訪名古屋厲害的咖啡廳、熱海的祕寶館、無人知曉的江之島、薩哈林、清里等地的遊記。因為這次取材名古屋(P.120)的契機，才誕生了《黑夜之後》(P.038)裡的愛情旅館「阿爾發城」。再者，以名古屋為舞台的作品《沒有色彩的多崎作和他的巡禮之年》(P.084)中也有寫到，成了日後村上作品的重要取材。

文藝春秋，2004年

東京養樂多燕子

Tokyo Yakult Swallows ／東京ヤクルトスワローズ

村上是養樂多燕子粉絲俱樂部的榮譽會員。他是大粉絲，還會在官方網站上投稿散文等。由於他去看養樂多的比賽時，於神宮球場(P.090)上突然想到要寫小說，因此對他而言有特別的回憶。順帶一提，在《夢中見》(P.170)中有收錄了標註「摘錄自養樂多燕子詩集」的五篇詩，不過事實上詩集並沒有出版。

動物

animal ／動物

老鼠、羊、大象、貓、海驢、鳥等，在村上作品中，會出現許多動物和動物園。《聽風的歌》(P.058)中的老鼠、《尋羊冒險記》(P.134)中的羊、《發條鳥年代記》(P.124)中的貓和鳥。短篇則有〈象的消失〉(P.100)以及〈青蛙老弟，救東京〉(P.056)等，作為帶有「隱喻」的重要中心思想，給予作品深度。

遠方的鼓聲

A Faraway Drumbeat ／遠い太鼓 ㊁

描述在撰寫《挪威的森林》(P.125)、《舞・舞・舞》(P.109)的三年間，於希臘、義大利等海外生活的長篇旅遊記。標題引用自土耳其的古老民謠。書中還有村上將島上女性描繪的地圖重新畫過的插畫。照片由陽子夫人拍攝。

講談社，1990年

獨立器官

An Independent Organ ／独立器官 ㊟

主角是在六本木經營美容診所的渡會(とかい，tokai)，為52歲的單身醫師。有著許多女朋友的他，說謊說要使用「獨立的器官」。沒想到有一次，他竟然愛上了小

An Independent Organ

他16歲的一名已婚女性。收錄於《沒有女人的男人們》(P.053)。

不管是哪裡，只要能找到那個的地方

Where I'm Likely to Find It／どこであれそれが見つかりそうな場所で ㊗

有一天，在爬著連接公寓24樓與26樓的樓梯時，丈夫突然消失了。接受該名妻子委託的「我」每天都去調查那個樓梯，但再怎麼找還是不知道丈夫的行蹤。書中充滿村上時常使用的關鍵字如電梯、鬆餅、樓梯、甜甜圈(P.116)等，為世間少有的奇妙故事。收錄於《東京奇譚集》(P.113)。

圖書館

library／図書館

時常登場於村上的作品中，為其中一個重要的「異世界」。在《海邊的卡夫卡》(P.048)中，大島先生(P.051)有句台詞為「換句話說，你永遠要在你自己的圖書館裡活下去」。在《為了作夢，我每天早上都要醒來 村上春樹訪談集1997～2009(暫譯)》(P.170，夢を見るために 朝僕は目 めるのです 村上春樹インタビュー集1997-2009)中，村上曾說「對我來說，圖書館彷彿就像是某種異世界」。

圖書館奇譚

The Strange Library／図書館奇譚 ㊗ ㊗

描述前往圖書館尋找有關「鄂圖曼土耳其帝國稅收政策」書籍的「我」，被囚禁在名為閱覽室的地下牢房。後來日文書名改為《ふしぎな図書館》（P.141），作為與佐佐木Maki（P.078）的共同繪本而出版。在德國則是由 Kat Menschik 繪製插畫，出版繪本，再進口日文版。收錄於《看袋鼠的好日子》（P.062）。

Kat Menschik／插畫
新潮社，2014年

杜斯妥也夫斯基

Fyodor Mikhailovich Dostoevsky／ドストエフスキー ㊇

因《罪與罰》、《白痴》、《惡靈》、《卡拉馬助夫兄弟們》（P.061）等而出名的俄羅斯小說家。村上曾在《斯麥爾佳科夫對織田信長家臣團（暫譯）》（P.081，CD-ROM 版 村上朝日堂 スメルジャコフ 織田信長家臣）中告白說「他是位偉大的作家呢。如果站在杜斯妥也夫斯基眼前，覺得自己是作家一事都空虛起來了」。此外，他也說過「這個世界上有兩種人。有讀完《卡拉馬助夫兄弟們》的人，以及沒有讀完的人」。

甜甜圈

donut／ドーナツ

《尋羊冒險記》（P.134）中有句知名台詞：「要把甜甜圈的洞當做空白來掌握，或者當做存在來掌握，畢竟都是形而上的問題。甜甜圈的味道並不會因此而有絲毫的變化」。村上在《村上收音機》（P.163）中寫到了對甜甜圈滿滿的愛，如「您知道甜甜圈的洞是什麼時候誰發明的嗎？大概不知道吧？」。

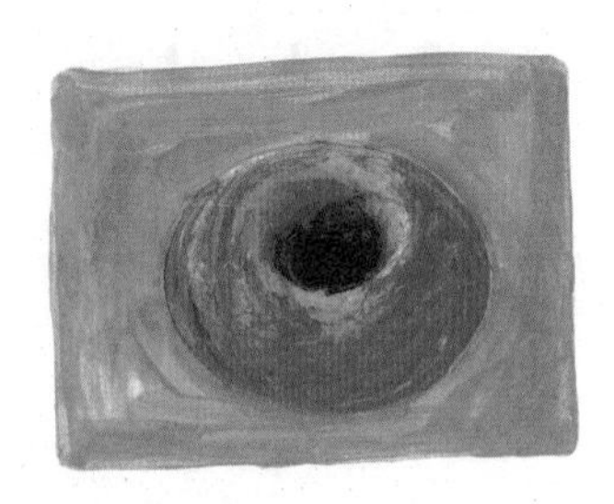

東尼瀧谷

Tony Takitani／トニー滝谷 ㊖

故事描述一名成功的插畫家東尼瀧谷與對服裝有強烈執著的美麗妻子。有一天，妻子因為交通事故過世，東尼瀧谷想要雇用一名女性來穿她大量的衣服。2005 年，在市川準導演的執導下，由一成尾形和宮澤理惠共同主演翻拍成電影。收錄於《萊辛頓的幽靈》（P.178）。

豐田汽車

Toyota Motor Corporation／トヨタ自動車

時常會出現在村上作品中的豐田汽車。《1Q84》（P.043）開頭登場的計程車就是豐田的 Crown Royal Saloon。在《沒有色彩的多崎作和他的巡禮之年》（P.084）中亦然，

主角的同學藍仔（P.035）就是在名古屋的豐田經銷商 LEXUS（P.178）擔任業務。此外，《國境之南・太陽之西》（P.072）的主角也曾想過如果他沒有在青山經營一間酒吧，那他大概會去開豐田的車吧。

Drive My Car

Drive My Car ／ドライブ・マイ・カー ㊧

身為演員的主角家福（かふく，kafuku）因為青光眼的關係，無法再開車了。於是，他委託北海道出身的渡利美咲來擔任黃色 SAAB900 的駕駛人。美咲的出身地北海道中頓別町（P.120）是實際的地名，但因為書中寫到亂丟菸蒂的內容造成問題，因此在發行單行本時，將地點改成了「上十二瀧町」，也就是《尋羊冒險記》（P.134）中出現的虛構小鎮「十二瀧町」（P.087）的北方。收錄於《沒有女人的男人們》（P.053）。

陳英雄

Tran Anh Hung ／トラン・アン・ユン ㊇

首部長篇作品《青木瓜之味》榮獲了坎城影展金攝影機獎等眾多獎項，因而出名的越籍法國人導演。其他作品還有《三輪車伕》、《夏至》等。將松山研一、菊池凜子、水源希子主演的《挪威的森林》（P.125）翻拍成電影，造成話題。

楚門・卡波提

Truman Capote ／トルーマン・カポーティ ㊇

《第凡內早餐》（P.112）的作者，為相當知名的美國小說家。據說身為其大粉絲的村上在高中時代第一次看了卡波提的短篇〈無頭鷹〉（The Headless Hawk）後，心想「就算再怎麼打滾，自己也寫不出這麼好的文章啊」，因此在29 歲之前都沒有打算寫小說。村上的出道作品《聽風的歌》（P.058），其標題來自於收錄了〈無頭鷹〉的短篇集《夜樹》（新潮社）中，所網羅的故事〈關上最後一扇門〉（Shut a Final Door）中最後一篇文章——「去想無關緊要的事吧。去想風」。

唐古利燒餅的盛衰

The Rise and Fall of Sharpie Cakes ／
とんがり焼の盛衰 ㊧

用諷刺的方式，描述一名男子在看了報紙上的廣告「名菓唐古利燒餅公司徵求新產品的說明大會」，跑到旅館後所發生的奇妙事件，為極短篇集。在《盲柳，與睡覺的女人》（P.163）的前言中，村上曾說「作為小說家出道時，我是將對文壇（literacy world）抱持的印象直接寓言化了」。收錄於《看袋鼠的好日子》（P.062）。

村上動物園

（為了現在已經死去，名為「被管理之人類的動物」）

羊、貓、鳥、大象、海驢……在村上的作品中，重要的場面裡時常會出現動物。
有些會像人類一樣說話，有時也用來比喻。
從《聽風的歌》的一小節中，所提到的「印度 Bhagalpore 有一隻很有名的豹，3 年裡一共吃掉350 個印度人喏」，到《刺殺騎士團長》的「企鵝手機吊飾」。
來介紹一部分的春樹動物們之謎吧！

熊【Bear】

有時用兩隻腳走路，很容易擬人化的熊時常會用來比喻，藉以表示主角的心情。以《挪威的森林》中的知名台詞「像喜歡春天的熊一樣」為首，到《1973 年的彈珠玩具》的「那些地方，我像冬眠前的熊一樣，儲藏了好多」、《尋羊冒險記》的「是那種四頭熊可以同時磨爪子的粗壯白樺」等。在《舞・舞・舞》中，也有寫到一段只要聽見名字，就會回答「小熊維尼」的對話。此外，在《刺殺騎士團長》中，主角從分別的前妻那裡收到一封信，因而思考著「我就是被留在漂流冰山上的孤獨白熊」。

大象【Elephant】

村上從很久以前，就對「打造真正的大象」這項作業有著深厚的興趣。在《象工場的 HAPPY END》與〈跳舞的小矮人〉等作品裡也好幾度出現「大象工廠」。他也寫了許多與「大象」有關的短篇，如大象與飼養員突然失蹤的〈象的消失〉、大象穿著高跟鞋登場的〈高跟鞋〉（暫譯，ハイヒール）、〈踩過海尼根、啤酒空罐子的大象短文〉（暫譯，ハイネケン・ビールの空き缶を踏む象についての短文）等，層出不窮。至於長篇故事，《尋羊冒險記》裡就有著一句台詞：「象無法理解烏龜的任務，烏龜無法理解象的任務。於是他們也都無法理解所謂世界這東西」。

鯨魚【Whale】

《尋羊冒險記》中有出現放置了鯨魚陰莖的水族館，更寫到知名的一小節：「鯨魚的陰莖永遠從鯨魚切除，完全喪失做為鯨魚陰莖的意義」。此外，在《1Q84》中，有個青豆深呼吸的場面，村上也描寫到「把周圍的空氣盡情吸入，盡情吐出。像鯨魚浮出水面，將巨大肺部的空氣完全換新那樣」。

鳥【Bird】

在村上的作品中，以《發條鳥年代記》為首，時常會出現奇妙的鳥類，其中又以烏鴉最多，如短篇〈唐古利燒餅的盛衰〉中只吃「唐古利燒餅」的「唐古利烏鴉」、《海邊的卡夫卡》中「被稱為烏鴉的少年」《聽風的歌》中關於「我是一隻黑色的大鳥，在叢林上方向西飛著」的描寫等。其他還有登場於《刺殺騎士團長》中住在屋頂裡面的「貓頭鷹」，而這也成為川上未映子訪談集《貓頭鷹在黃昏飛翔》的標題。在《世界末日與冷酷異境》中，則有句很重要的台詞：「看鳥就會很清楚自己沒有錯」。

猴子【Monkey】

除了有出現偷名字之猴的短篇〈品川猴〉以外，在比喻表現中村上也時常出現「猴子」這個詞。在《舞・舞・舞》中，就有一小節寫到「一隻巨大的灰色猿猴拿著鐵鎚不知道從什麼地方進到房間裡來，從我腦後使勁地敲下。於是我便像昏倒了似地落入深沉的睡眠」。在《挪威的森林》中，則有一句台詞：「只是我現在有點累而已，累得像被雨淋濕的猴子一樣」。

直子

Naoko／直子 ㊜

登場於《挪威的森林》（P.125）中，為「我」的親友——木月（P.064）的青梅竹馬兼戀人。在東京偶然和「我」重逢。之後，她的精神變得不穩定起來，便前往京都（P.064）的療養院「阿美寮」（P.039）生活。在電影版中由菊池凜子飾演。

永澤兄

Nagasawa-san／永沢さん ㊜

登場於《挪威的森林》（P.125）中，為「我」學生宿舍的前輩。從東京大學法學院畢業後進入外務省。有吃過三隻蛞蝓的經驗。有一位名叫初美的戀人，但和多名女性保持肉體關係，常常邀請「我」去狩獵女性。

中田先生

Mr.Nakata／ナカタさん ㊜

登場於《海邊的卡夫卡》（P.048）中，能夠與貓對話的60多歲男性。自從他小時候在疏散地遭遇某事件以來，就喪失了讀寫的能力。現在他為一名智能障礙者，領取都市補助，並在中野區野方生活。他有著獨特的說話方式，如「我中田～（ナカタは～であります）」、「中田～（ナカタは～なのです）」。

中頓別町

Nakatonbetsu／中頓別町 ㊞

北海道宗谷支廳枝幸郡的小鎮。當短篇〈Drive My Car〉（P.117）刊載於《文藝春秋》雜誌上時，有寫到一幕——這個小鎮出身的女性將菸蒂從車窗丟出去，主角看了後就心想「大概在中頓別町，大家一般都會這麼做吧」。由於此部分被該小鎮的議員抗議，因此在單行本中才更改成虛構的小鎮「北海道＊＊郡上十二瀧町」。不過在那之後，身為村上春樹粉絲的村民們召開了和解讀書會，現在則是每年都會召開讀書會。

名古屋

Nagoya／名古屋 ㊞

成為《沒有色彩的多崎作和他的巡禮之年》（P.084）舞台的城市。同一本書裡，也有句台詞為「上學一直在名古屋，就業也在名古屋。簡直就像柯南・道爾的《失落的世界》那樣」。這是村上在《東京魷魚俱樂部——地球爆裂的地方（暫譯）》（P.114，東京するめクラブ 地球のはぐれ方）中造訪名古屋時所感受到的事，在日本的每個都市都向東京學習而標準化的過程中，就只有名古屋不受外界影響，以進化成孤立為目標。接著，他還說最顯著的部分就是飲食文化。

納・京・科爾

Nat "King" Cole／ナット・キング・コール ㊇

有著「King」的暱稱，代表20世紀的爵士歌手、鋼琴家。在《尋羊冒險記》（P.134）與《國境之南・太陽之西》（P.072）這兩部作品中，曾寫到主角用唱片播放納・京・科爾的歌曲——《國境之南》的場景。然而，由於現實世界中並沒有唱片收錄納・京・科爾所唱的《國境之南》，因此大眾認為，這樣的描寫是為了進入幻想世界的演出。

夏目漱石

Soseki Natsume／夏目漱石 ㊇

村上在日本作家中最喜歡的一位小說家。比起強調近代自我的後期作品，他比較喜歡前期的三部作品《三四郎》、《從此以後》和《門》，據說《發條鳥年代記》（P.124）就是以《門》中夫婦的形象所寫。此外，他也列舉出《礦工》、《虞美人草》為他個人特別喜歡的作品。在《海邊的卡夫卡》（P.048）中，主角田村卡夫卡（P.108）曾針對《礦工》，闡述「這種『不知道他要說什麼』的部分，卻很不可思議地在我心裡留下來」。

第七個男人

The Seventh Man／七番目の男 ㊭

七個人圍成一圈一一說話。接著，第七個男人開始說了奇妙的故事。那個故事，與一名被巨大波浪捲走的朋友有關。然而，他那沒有消逝的創傷，卻因為某個契機而被拯救。此為村上在熱衷於衝浪的時代，一面瞭望海浪而想出來的故事。收錄於《萊辛頓的幽靈》（P.178）。

海浪的畫，海浪的故事（暫譯）

Pictures of Wave, Tales of Wave／波の絵、波の話 ㊔

與攝影師稻越功一共同創作，如照片集一般的散文集。「我對1973年的彈珠玩具，說了一聲呀」、「1980年代的超市生活」等等，有出現大家熟悉的長篇小說中心思想。村上在〈一張LP〉的章節中，回顧了他14歲時第一次接觸爵士樂的強烈體驗。

文藝春秋，1984年

燒穀倉

Barn Burning／納屋を焼く ㊭

「我」與在朋友結婚派對上認識的女朋友的「新戀人」口中，得知對方的興趣是

「燒穀倉」。「我」想實際去尋找被燒掉的穀倉，卻尋不著……現實與幻想相互交錯，能夠讓人留下奇妙餘韻的初期代表作品。收錄於《螢，燒穀倉及其他》(P.147)。

25公尺長游泳池整池那麼多的啤酒

25メートル・プール一杯分ばかりのビール

《聽風的歌》(P.058) 中知名的比喻表現。夏天期間，「我」與「老鼠」(P.124) 簡直就像被什麼給附身一樣，喝乾了「25公尺長游泳池整池那麼多的啤酒」。接著，還剝了能夠舖滿「傑氏酒吧」(P.082) 地板五公分厚的花生殼。

蜷川幸雄

Yukio Ninagawa／蜷川幸雄 (人)

擅長莎士比亞、希臘悲劇等，被稱為「世界的蜷川」的演出者。2012年與2014演出舞台劇《海邊的卡夫卡》(P.048)，造成話題。演員分別由柳樂優彌與古畑新之飾演「田村卡夫卡」(P.108)、田中裕子與宮澤理惠飾演「佐伯小姐」(P.078)、長谷川博己與藤木直人飾演「大島先生」(P.051)。至於「中田先生」，則是兩場公演都由勝己熱情演出。於2016年過世。

原子時代（暫譯）

The Nuclear Age／ニュークリア・エイジ (翻)

描述1960年代，因越戰與反戰運動而動搖的美國夢與挫折，為提姆・奧布萊恩 (P.112) 的長篇小說。持續挖掘防空壕的「我」與朋友們，在新興「原子時代」生存的青春群像劇。

文春文庫，1994年

紐約客

The New Yorker／ニューヨーカー

1991年11月18日號的雜誌《紐約客》刊登了傑・魯賓 (P.082) 翻譯的短篇小說〈象的消失〉(P.100)，使村上在美國的人氣火紅了起來。後來，《紐約客》編選的同名初期短篇集〈象的消失〉(P.100) 由kunopuffu社出版，長年銷售可觀。

紐約客
1991年11月18日號

紐約煤礦的悲劇

New York Mining Disaster／
ニューヨーク炭鉱の悲劇 (短)

「我」與「有颱風來就會去動物園的朋友」的故事。標題取自於比吉斯的出道曲。村上曾說過是因為被這首曲子的歌詞所吸引，才想試著寫寫看以〈紐約煤礦的悲劇〉為標題的小說。收錄於《開往中國的慢船》(P.110)。

穿過

to exit／抜ける

「穿過牆壁」的表現，與村上作品中時常出現的「下到井底 (P.044)」同為重要關鍵字。他本人也說過：「《發條鳥年代記》

New York Mining Disaster

（P.124）中最重要的部分，就是『穿過牆壁』的描述。穿過堅硬的石牆，從自身所在之處去到別的空間……這是我最想要寫的」。而為什麼能夠「穿過」牆壁，據說是因為村上本身在實際創作的過程中曾潛入井底，並將其合理化，因此確信能夠跨越地點與時間進入別的地方。無意識引發的「扭曲現象」，也是其所有作品共通的主題。

貓

cat／猫

村上曾經營過的爵士咖啡廳店名，便是取自所養貓咪的名字「彼得貓」（P.133）。他很喜歡貓咪，因此貓在作品中時常出現。《海邊的卡夫卡》（P.048）中能與貓咪對話的神奇老人中田先生（P.120）為故事的重要關鍵，《發條鳥年代記》（P.124）則是以貓咪失蹤為契機展開故事。《1Q84》（P.043）中，千葉縣千倉以「貓之村」的身分登場。以過去所飼養的貓為題材的繪本《毛茸茸》（P.144）之中，有描寫到一

個段落:「世界上的貓咪我大致都喜歡,但在地球上的各種貓咪當中,我最喜歡上了年紀的大母貓」。

發條鳥年代記

The win-up Bird Chronicle ／
ねじまき鳥クロニクル ㊅

貓咪,從自法律事務所辭職後以家庭主夫身分生活的「我」——岡田亨的身旁消失,妻子也失蹤。之後,來了奇妙的人們。「我」決定潛入空屋的井(P.044)尋找妻子。為耗時四年半所著的超大型作品。共有《第一部 鵲賊篇》、《第二部 預言鳥篇》及《第三部 刺鳥人篇》三部。沒有水的井、沒有出口的小巷(可能是陰溝)、水母、以水為媒介的算命師加納馬爾他(P.060)等等,透過「水」的意象貫穿全篇的謎樣奇幻小說。

新潮社,1994年(第一部與第二部)、1995年(第三部)

發條鳥和星期二的女人們

The Wind-up Bird And Tuesday's Women ／
ねじまき鳥と火曜日の女たち ㊂

為發展成長篇小說《發條鳥年代記》(P.124)的短篇小說。笠原May(P.057)、渡邊徹(P.182)等人物的原型也有登場,能夠閱讀成為長篇小說後的變化。收錄於《麵包店再襲擊》(P.131)。

老鼠

Rat ／鼠 ㊀

登場於《聽風的歌》(P.058)、《1973年的彈珠玩具》(P.097)、《尋羊冒險記》(P.134),為「我」的朋友,出生於蘆屋的富裕家庭。因立志成為小說家而大學休學,在各個城市流浪。這些初期作品與續作《舞・舞・舞》(P.109)合稱為「我與老鼠四部曲」。如同主角「我」分身一般的存在。

睏

眠い ㊂

出席高中同學婚禮的主角「我」一邊喝著玉米濃湯一邊拼命地與睡意奮鬥,如此沒有什麼深意的故事。收錄於《看袋鼠的好日子》(P.062)。

睡

Sleep ／眠り ㊂

主角是30歲的失眠婦人。「我」連續17天都沒有闔眼。而且,這不是單純的「失眠」。無可奈何之下,「我」只好背著老公在晚上喝著白蘭地,一邊吃著巧克力,沉浸在托爾斯泰的小說《安娜・卡列尼娜》之中。而且，「我」還想著「自己正在擴展人生」。收錄於《電視人》（P.133）。

眠（暫譯）

Sleep／ねむり ㊮

Kat Menschik／插畫
新潮社，2010年

將描述持續清醒的女性日常生活短篇故事《睡》（日文原文書名為眠り）（P.124）改名為《ねむり》，並改寫成「德語版繪本」而再度進口日本的作品。由Kat Menschik負責插畫，成了故事更加奇妙的一本作品。

第11本小說，第18本書

Novel11, Book18／Novel11, Book18 ㊙

村上偶然在奧斯陸機場發現的作品，為挪威作家達格・索爾斯塔（P.107）所著。標題是「第11本的小說，第18本著作」的意思。主角是50歲的男性畢庸・漢森。與妻子分手後，和名叫杜麗蒂・拉美爾的女性同居，並開始他的劇場活動，為奇妙且無法預測的故事。

中央公論新社
2015年

諾貝爾文學獎

The Nobel Prize in Literature／ノーベル文学賞

根據炸藥的發明者——阿爾馮德・諾貝爾的遺言所創立之世界性獎項。分為物理、化學、醫學、文學、和平五個獎項，會被頒發給「為人類帶來最大貢獻的人們」。繼川端康成、大江健三郎以日本人的身分獲頒諾貝爾文學獎後，大約從10多年前開始便有了「下一個會是村上春樹嗎？」的傳聞。2017年日籍英國人 石黑一雄獲獎（P.057），成為話題。

挪威的森林

Norwegian Wood／ノルウェイの森 ㊤

以「百分之百的戀愛小說」為書腰宣傳，於1980年後半大為造成話題的村上代表性作品。論銷售量，單行本加上文庫書超過了一千萬冊。首部完全的寫實主義小說，繼這部小說之後，登場人物開始有了名字。1968年，大學一年級的學生渡邊徹（P.182）與曾是高中同學戀人的直子（P.120）再度相遇，不過女方的精神狀況逐漸不穩，進入了療養院。不久，渡邊迷上了在大學認識的女性——綠（P.158）。令人印象深刻的紅綠裝訂是出自於村上本人之手。本書是以短篇小說〈螢火蟲〉（P.146）為根本所寫的自傳小說，村上學生時代實際住過的宿舍「和敬塾」（P.181）等也都有登場。原本曾打算以「雨中庭園（雨の中の庭）」做為書名。

上卷下卷　講談社，1987年

酒吧
bar／バー

村上在成為作家之前曾經營過爵士咖啡廳，在作品之中飲酒的場景非常多。用黑膠唱盤機聽著音樂、喝著酒的時間與空間，甚至也發揮了「進入異空間之裝置」的功能。

配電盤的葬禮
配電盤のお葬式

《1973 年的彈珠玩具》（P.097）中，我與雙胞胎將配電盤投入蓄水池裡埋葬。是具有象徵切斷過去與人際關係這層「Detachment（對社會漠不關心）」之行為的重要場景。

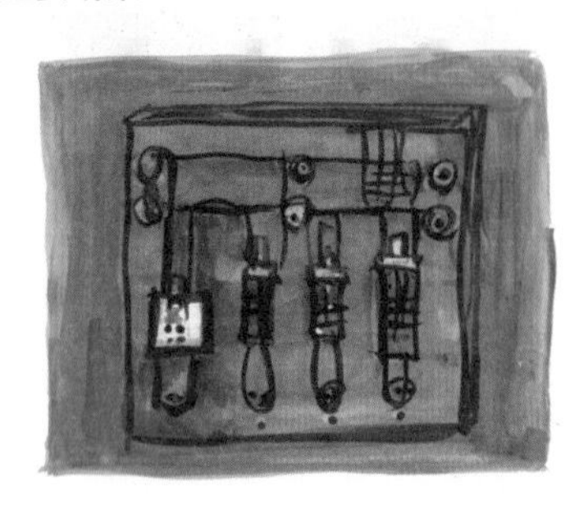

踩過海尼根、啤酒空罐子的大象短文（暫譯）
ハイネケン・ビールの空き缶を踏む象についての短文 ㊖

倒閉動物園的大象（P.098）被城鎮接管後，負責踩空罐工作的奇妙極短篇作品。與短篇〈象的消失〉（P.100）相關的實驗性作品。收錄於《村上春樹全作品1979～1989 ⑧》。

初見的文學 村上春樹（暫譯）
はじめての文学　村上春樹 ㊕

文藝春秋發行的「初見的文學」系列，是以青少年為取向的自選短篇集。收錄了羊男（P.134）所登場的〈雪梨的綠街〉

（P.085）、〈青蛙老弟，救東京〉（P.056）等17篇。有許多如奇幻童話般的故事，推薦給初次接觸村上作品的新手。

文藝春秋，2006年

關於跑步，我說的其實是……

What I Talk About when I Talk About Running／走ることについて語るときに僕の語ること (散)

將與「跑步」、「小說」有關的散文整理成冊的回憶錄。村上認為想持續保有集中力，體力是不可或缺的，此書描述了村上選擇「跑步」後的孤獨奮戰。書名改編自瑞蒙・卡佛（P.177）的短篇集《當我們談論愛情時，我們在談論什麼》（P.034）。

文藝春秋，2007年

生日女孩（暫譯）

Birthday girl／バースデイ・ガール (短)(繪)

「她」對「我」說20歲生日時所發生的不可思議事件。她生日當天，是在義大利餐廳工作中度過的。那天，她將午餐送到絕對不會在店內露面的老闆房間內，房中的老人對她說：「就實現妳一個願望吧」。是為了短篇集《生日故事集》（P.127）所寫的作品。收錄於《盲柳，與睡覺的女人》（P.163）。也是本有大量德國女性畫家——Kat Menschik插畫的藝術書。

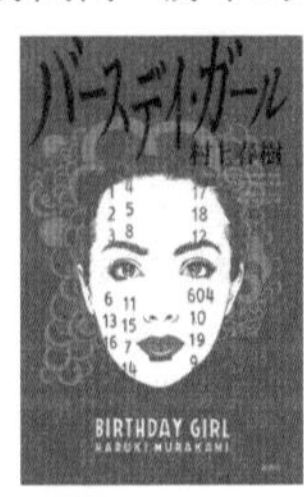

Kat Menschik／插畫
新潮社，2017年

生日故事集（暫譯）

Birthday Stories／バースデイ・ストーリーズ (翻)

由村上本人翻譯、編輯瑞蒙・卡佛（P.177）與保羅・索魯（P.148）等人以「生日」為主題所寫的英美文學短篇小說精選集。村上本人加筆寫的短篇〈生日女孩（暫譯）〉（P.127，バースデイ　ガール）也收錄於此。

中央公論新社
2002年

蜂蜜派

Honey Pie／蜂蜜パイ (短)

男主角是36歲的淳平，從神戶升學至早稻田大學文學部，為不暢銷的小說家。大學時代死黨三人組中的小夜子與高槻結婚，離婚之後三人還維持朋友的關係。淳平會對他們兩人四歲的女兒——沙羅說採蜂蜜的高手「正吉熊」與其好友「東吉」的即興童話故事。收錄於《神的孩子都在跳舞》（P.060）。

然而，很美

But Beautiful／バット・ビューティフル (翻)

以七名爵士人為主題的虛構小說，為英國作家傑夫・戴爾所著。也能視為爵士歷史書來享受。書名《But Beautiful》為爵士名曲。

新潮社，2011年

派蒂・史密斯

Patti Smith／パティ・スミス (人)

被稱為「紐約的龐克女王」，為音樂家和活躍的詩人。《沒有色彩的多崎作和他的巡禮之年》（P.084）的英文版發售時，曾將書評投稿於《紐約時報》。在與現代音樂巨匠菲利普・莫里斯・葛拉斯合作演出音樂與朗讀的公演「THE POET SPEAKS 向金斯堡致敬」上，她朗讀村上與柴田元幸（P.085）所寫的加筆譯詩，造成話題。

你喜歡巴德・巴卡拉克嗎？（窗）

A Window／バート・バカラックハオスキ？（マド）(短)

主角「我」在一間名為「Pen Society」的公司從事修改信件的打工。辭職時，被曾經指導過我的32歲已婚女性招待午餐，一面在她的公寓裡吃著手工漢堡牛排，聆聽巴德・巴卡拉克的黑膠唱片。收錄於《看袋鼠的好日子》（P.062）。後添加了主角談論窗戶的後記，改名為〈窗〉。

哈那雷灣

Hanalei Bay／ハナレイ・ベイ (短)

鋼琴家阿幸有一位19歲的獨生子，但在夏威夷艾考島的哈那雷灣衝浪時，被鯊魚攻擊過世了。從那之後，阿幸在店裡幾乎都沒有休息，不停地彈奏鋼琴，在接近兒子忌日時，休假3週去了哈那雷灣。之後，他每天坐在海灘上，盯著大海與衝浪手們的身影。2018年由吉田羊主演翻拍成電影。收錄於《東京奇譚集》（P.113）。

再訪巴比倫 The Scott Fitzgerald Book 2（暫譯）

Babylon Revisited／バビロンに帰る
ザ・スコット・フィッツジェラルド・ブック2 (翻)

由村上編譯，收錄了費茲傑羅鮮為人知的五部短篇作品，以及造訪與其有所淵源之地的散文〈史考特・費茲傑羅的幻影〉（暫譯，スコット フィッツジェラルドの幻影）。本書收錄的短篇〈再訪巴比倫

中央公論新社
1996年

Hanalei Bay

〈Babylon Revisited〉〉也被改編為由伊莉莎白泰勒所主演的電影《魂斷巴黎》。

半日酒吧

HALF TIME／ハーフタイム

在翻拍電影《聽風的歌》（P.058）中所登場的「傑氏酒吧」（P.082），是一間位於神戶（P.070）三宮車站附近的酒吧。貼有陳舊的海報，也設置了彈珠台，與故事中的世界如出一轍。是村上迷一定會想去造訪的店。

平行宇宙

parallel world／パラレルワールド

與我們所見的世界不同，為另一個別的平行世界。代表性的有《世界末日與冷酷異境》（P.097）中的「世界末日」與「冷酷異境」兩個世界，以及《1Q84》（P.043）中的1984年與1Q84年等，是村上文學的特徵之一。

春樹迷

Harukist／ハルキスト

村上春樹愛好者的通稱，在法國又稱為「Murakamian」。有很多人的生活受到村上影響，如喜歡馬拉松、游泳、熨燙（P.053）、電影與音樂、料理與美酒、貓與動物等。

哈爾基島

Halki ／ハルキ島 (地)

靠近希臘（P.065）羅德斯島的小島。「如果愛琴海有一個名字跟你一樣的小島的話，我想你一定也會想去一次看看吧？」——正如同這句話所說，在遊記《遠方的鼓聲》（P.114）中，記述著村上造訪當地時的回憶。被認為是《人造衛星情人》（P.096）的舞台——「羅德斯島附近」小島的原型。

春天的熊

Spring Bear ／春の熊

「我很喜歡妳呦，Midori。」、「有多喜歡？」、「像喜歡春天的熊一樣」。這是《挪威的森林》（P.125）中的知名台詞，為春樹式的比喻表現。

夏威夷

Hawaii ／ハワイ (地)

《舞・舞・舞》（P.109）的主角「我」與雪（P.169）為了一起去美國拜訪女方的媽媽——雨而走訪夏威夷。要說到為什麼是夏威夷，村上曾在《遠方的鼓聲》（P.114）中回憶，由於執筆時他所居住的羅馬家裡非常寒冷，因此想去夏威夷想得不得了。順道一提，《人造衛星情人》（P.096）與《海邊的卡夫卡》（P.048）的前半部分是在夏威夷的考艾島所寫的。村上還參加了檀香山馬拉松，更於夏威夷大學舉行演講。

Halki

獵刀

Hunting Knife ／ハンティング・ナイフ ㊥

「我」與妻子旅居的海灘度假村隔壁小屋裡，住著一對母親50多歲、兒子坐著輪椅的母子。回國前一晚失眠的「我」出門散步時，遇見了坐輪椅的兒子。他說有東西想要給「我」看，便拿出了折疊式的小型獵刀。收錄於《迴轉木馬的終端》（P.056）。

麵包店再襲擊

The Second Bakery Attack ／パン屋再襲撃 ㊣

如重要精華寶庫般的短篇集，收錄了能發展成長篇的故事，如繼承《1973年的彈珠玩具》（P.097）設定的〈雙胞胎與沉沒的大陸〉（P.141），以及之後發展為《發條鳥年代記》（P.124）的〈發條鳥和星期二的女人們〉（P.124）等。以被稱為短篇代表作的〈麵包店店襲擊〉（P.131）與〈象的消失〉（P.100）為首，還收錄了〈家務事〉（P.137）、〈羅馬帝國的瓦解・1881年群起反抗的印地安人・希特勒入侵波蘭・以及強風世界〉（P.180）。佐佐木Maki（P.078）所繪的封面與內容契合，釀造出神祕感。

文藝春秋，1986年

麵包店再襲擊

The Second Bakery Attack ／パン屋再襲撃 ㊥

半夜肚子餓的夫妻為了解除「詛咒」而出門襲擊麵包店，卻因為麵包店沒有營業，無可奈何之下轉為襲擊麥當勞。〈襲擊麵包店〉（P.131）的主角「我」已經結婚的續篇作品。2010年在墨西哥與美國的合作之下翻拍成電影，2017年作為「用漫畫讀村上春樹」系列一書，由法國的連載漫畫作家PMGL畫成漫畫。

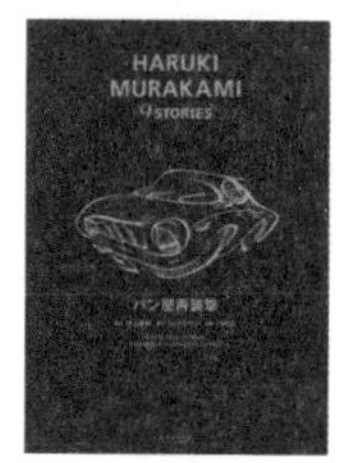

《麵包店再襲擊》
JC Deveney ／改編
PMGL ／漫畫
Switch Publishing
2017年

襲擊麵包店

The Bakery Attack ／パン屋を襲う ㊥

整整兩天都只有喝水「我」與夥伴拿著菜刀前往麵包店。與要求去聽華格納的音樂做為給予麵包之抵押的老闆之間一來一往，為奇妙的短篇故事。刊登於1981年10月號的《早稻田文學》，以〈麵包〉為標題，收錄於與糸井重里（P.045）合著的《夢中見》（P.170）之中。1982 年由山川直人翻拍成電影。收錄於《村上春樹全作品1979 ～ 1987 ⑧》。

襲擊麵包店

The Bakery Attack ／パン屋を襲う ㊍

由德國女性畫家 Kat Menschik 擔任插畫，將村上早期知名作品〈襲擊麵包店〉（P.131）與〈麵包店再襲擊〉（P.131）兩篇短篇改編成繪本，為大人取向的童話作品。

新潮社，2013年

ひ

日出國的工場

日出る国の工場 ㊌

與《村上朝日堂》（P.160）的搭檔——安西水丸（P.042）所著，為參觀工廠的散文集。自認「喜歡工廠」且好奇心旺盛的村上造訪了隱喻式的人體標本工廠、作為工廠的結婚會場、橡皮擦工廠、酪農工廠、川久保玲 comme des garcons 工廠等。Aderans 工廠的取材之後也對《發條鳥年代記》（P.124）造成了影響。

平凡社，1987年

關於 BMW 窗戶玻璃形狀之純粹意義上消耗的考察（暫譯）

BMW の窓ガラスの形をした純粋な意味での消耗についての考察 ㊙

未收錄於全集的夢幻短篇。刊登於月刊《IN ★ POCKET》1984 年8 月號。「我」借了3 萬日圓給明明很富裕卻乞討的友人。8 年後「我」連絡他，逼他還錢，但戴著金色勞力士手錶、開著 BMW 的友人卻不打算還錢的故事。順道一提，《國境之南．太陽之西》（P.072）的主角阿始開的德國車也是 BMW 。

新手

Beginners ／ビギナーズ ㊞

將瑞蒙．卡佛（P.177）的作品《當我們談論愛情時，我們在談論什麼》以接近原創的方式復原並重新編輯的作品。據說該作品在發布當時，也經由負責編輯大幅度「編纂」過了。

中央公論新社
2010年

飛機—或者他怎麼像在念詩般自言自語呢

Airplane: Or, How He Talked to Himselfas If Reciting Poetry ／飛行機—あるいは彼はいかにして詩を読むようにひとりごとを言ったか ㊙

「像念詩般自言自語」的20 歲男子故事。有一位大他7 歲的已婚女友。主角被女友指責會自言自語一事，因此將他所記錄下來的便條紙給女友看，發現所寫的內容都

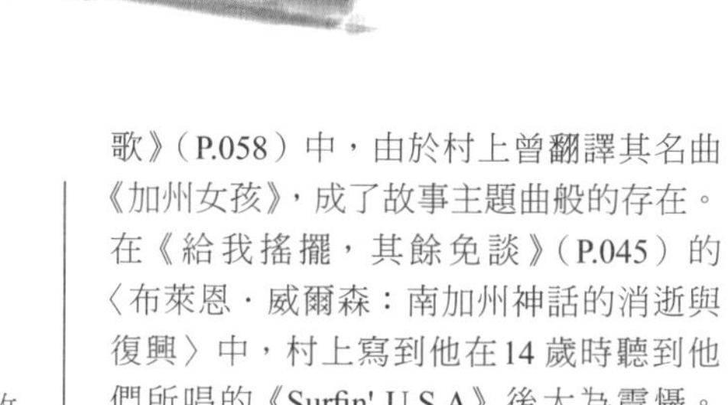

Peter-Cat

是與飛機有關且如詩一般的自言自語。收錄於《電視人》（P.113）。

彼得貓

Peter-Cat／ピーターキャット

村上在1974年春天曾與太太陽子一起在國分寺（P.072）南口某間大樓的地下一樓，所經營的爵士咖啡廳。平常放著史坦蓋茲（P.095）與比爾・艾文斯的白人爵士樂，週末則會進行現場演奏。1977年遷移到千駄谷（P.098）後，村上以作家的身分出道。和田誠（P.183）、安西水丸（P.042）、村上龍（P.163）等都去過彼得貓。

海灘男孩

The Beach Boys／ビーチ・ボーイズ㊇

1961年組成的美國搖滾樂團。在《聽風的歌》（P.058）中，由於村上曾翻譯其名曲《加州女孩》，成了故事主題曲般的存在。在《給我搖擺，其餘免談》（P.045）的〈布萊恩・威爾森：南加州神話的消逝與復興〉中，村上寫到他在14歲時聽到他們所唱的《Surfin' U.S.A》後大為震懾。順帶一提，由於《舞・舞・舞》（P.109）的標題與海灘男孩成名曲同名，一般認為是作品的原梗，不過在《遠方的鼓聲》（P.114）中得知其實是出自名為《The Dells》的黑人樂團舊歌。

老大哥

Big Brother／ビッグ・ブラザー

在喬治・歐威爾所著之小說《1984年》中登場的「獨裁者」，為虛構人物。在《1Q84》（P.043）中被描述成與小小人（P.176）對立的概念。

羊

sheep／羊

就好比羊男（P.134）是如同村上分身般的

存在，羊也可以說是代表村上世界的動物。村上在執筆《尋羊冒險記》（P.134）時正於北海道巡迴旅遊，對於羊做了詳細的調查。我們得知一個插曲——那時接受採訪的綿羊研究第一人平山秀介，因為接受這對來自東京、風格嬉皮的村上夫妻熱情詢問，而認定這對夫妻一定是想要飼養綿羊。在這之後，村上送了平山有簽名的《尋羊冒險記》。

羊男

The Sheep Man ／羊男 ㊇

在《尋羊冒險記》（P.134）與《舞・舞・舞》（P.109）之中打扮成羊的人類。將羊的毛皮從頭完全覆蓋全身。如同主角的童心，為異界隱士般的存在。羊男對村上來說是個「永遠的英雄」，就好似分身一般的角色，因此在繪本《羊男的聖誕節》（P.134）、《不可思議的圖書館（暫譯）》（P.141，ふしぎな 書館）、短篇〈雪梨的綠街〉（P.085）、超短篇〈義大利麵工場的祕密〉（收錄於《象工場的 HAPPY END》（P.099））等各式作品中皆有登場。

羊男的聖誕節

Christmas of Sheep-man ／羊男のクリスマス ㊎

羊男（P.134）收到為聖誕節音樂作曲的委託。但是，他因為吃了中空的甜甜圈，受到無法作曲的詛咒。要解除詛咒，必須跌落洞穴……能夠享受佐佐木 Maki（P.078）夢幻插畫的聖誕繪本。

講談社，1985年

尋羊冒險記

A Wild Sheep Chase ／羊をめぐる冒険 ㊆

村上結束所經營的爵士咖啡廳「彼得貓」（P.133）後，作為專職作家所寫的第一本長篇小說。描述神祕組織追尋背上有星形斑紋之羊的故事。「我」為了尋找那隻與我下落不明的好友「老鼠」（P.124）有關，且已經安居在人群中的羊而展開冒險。以北海道為舞台所展開的村上故事，充滿著海豚飯店（P.046）的羊博士、羊男（P.134）、耳朵很漂亮的女朋友等奇妙的暗號。

講談社，1982年

需要我的時候給個電話

Call If You Need Me ／
必要になったら電話をかけて ㊙

將瑞蒙・卡佛（P.177）死後被人發現的未發表作品整理成冊的短篇集。據說是《君子》雜誌的主編說服其夫人，在搜索瑞蒙・卡佛的書房後發現了三篇遺作。

中央公論新社
2000年

吃人的貓（暫譯）
Man-Eating Cats ／人喰い猫 ㊟

「我」與泉曾在希臘的小島上生活。某一天，我與泉一同在報紙上讀到有位老婦人被三隻貓咪吃掉的故事，數日之後，泉就消失了。這個短篇後來成為《人造衛星情人》（P.096）的一部分。收錄於《村上春樹全作品1979～1989⑧》。

請村上先生做一件事看看吧—世人不管三七二十一扔給村上春樹的490個大疑問，村上先生到底能答上幾個？（暫譯）
「ひとつ、村上さんでやってみるか」と世間の人々が村上春樹にとりあえずぶっつける490の質問に果たして村上さんはちゃんと答えられるのか？ Ⓠ

將「朝日堂網站」上與讀者的聯繫郵件整理成冊的系列第三篇。在動物園的小節中，寫到短篇〈看袋鼠的好日子〉（P.062）是以位於千葉谷津遊樂園內的動物園為原型，成了追尋作品根源的寶貴紀錄。

朝日新聞社，2006年

披頭四
The Beatles ㊅

以玲子姊（P.177）用吉他彈奏《挪威的森林》為首，在小說《挪威的森林》（P.125）中也大量出現披頭四的歌。直子（P.120）生日時所聽的黑膠唱片為《比伯中士的寂寞芳心俱樂部樂隊》，據說村上一邊執筆寫作，一邊反覆聽這首曲子達120次。其他還有《蜜雪兒》、《Nowhere Man（獨自一人的傢伙）》、《Julia》等皆有登場。此外，以披頭四曲名為標題的短篇有〈32歲的DAY TRIPPER〉（P.080）與〈Drive My Car〉（P.117）、〈Yesterday〉（P.043）。

日日移動的腎形石
The Kidney-Shaped StoneThat Moves Every Day ／日々移動する腎臓のかたちをした石㊟

主角淳平是擅長寫短篇的31歲小說家，4度被選為芥川獎的候補。在某個派對上，他遇到一名叫桐慧（Kirie）的女性，想起了父親曾說「男人的一生中，只會遇到三個真正有意義的女人」。後來，他向桐慧說過的那篇有關於腎臟石的小說被刊登在文藝雜誌上，但卻再也無法聯絡上桐慧。淳平與〈蜂蜜派〉（P.127）的主角是同一人。收錄於《東京奇譚集》（P.113）。

美深町

Bifuka-chō ／美深町 ㊞

位於北海道北部的城鎮。因為與《尋羊冒險記》（P.134）中的十二瀧町（P.087）設定非常類似，因此大家傳聞是否是以美深町為原型。在 JR 美深車站設有展示與村上春樹相關之書籍及美深照片的「村上春樹文庫」，成為村上粉絲集結的知名場所。飼養羊隻的松山農場民宿「Farm Inn Tonttu」每年都會舉行「村上春樹・草原朗讀會」。

100%

100% ／ 100 パーセント

《四月某個晴朗的早晨遇見100% 的女孩》（P.083）翻拍成電影時的標題叫做《遇見百分之百的女孩（100％の女の子）》。據說當時台灣曾流行使用「百分之百的 OO」這種宣傳。順道一提，《挪威的森林》（P.125）的書腰文宣「100% 的戀愛小說」是村上本人所寫的。

譬喻

metaphor ／比喩

村上作品最有趣的一點便是他的譬喻表現。村上於《貓頭鷹在黃昏飛翔》（P.159）中闡述「差不多要想讓讀者醒悟，因此會在那放入適當的譬喻。在文章裡必須要有這樣的驚喜」。

啤酒

beer ／ビール

村上作品中不可或缺的飲品。在《聽風的歌》（P.058）中，「我」與「老鼠」（P.124）買了一手啤酒，走到海邊，躺在沙灘上眺望著海洋，一整個夏天喝了25 公尺長游泳池整池那麼多的啤酒（P.122）。村上在京都大學所舉辦的公開訪問上回答說自己最喜歡的啤酒是「夏威夷檀香山的罐裝啤酒」。此外，札幌啤酒電視廣告的旁白——「關於跑步，我說的其實是……（走ることについて語ること）」為村上親手執筆寫的。

粉紅衣服的女子

ピンクの服の女の子 ㊜

在《世界末日與冷酷異境》（P.097）中登場，為理想型的胖女子。是向身為計算士的「我」提出「Shuffling」委託的老博士17 歲孫女。時常喜歡穿著粉紅色衣服。在村上的作品中，肥胖的設定是相當罕見的。

平・克勞斯貝

Bing Crosby／ビング・クロスビー ㊟

美國代表性的歌手兼演員。他的歌曲《白色聖誕節》屢次出現在村上的作品中而為人所知。《聽風的歌》（P.058）中，老鼠（P.124）寄給「我」的小說第一頁絕對寫著「Happy Birthday and White Chrismas（生日快樂，也祝你白色聖誕節快樂）」（「我」的生日為12月24日）。此外，在《尋羊冒險記》（P.134）中也有男主角聽了26次《白色聖誕節》的橋段。《世界末日與冷酷異境》（P.097）與《國境之南・太陽之西》（P.072）等總計出現了4次《白色聖誕節》。

貧窮叔母的故事

A "Poor Aunt" Story／貧乏な叔母さんの話 ㊗

「我」在廣場坐下後，與同行者兩人一起呆呆仰望著獨角獸（P.044）的銅像。在七月某個晴天的下午，不知怎麼地，想要寫「貧窮叔母」的想法抓住了「我」的心。但是，「我」的親戚之中並沒有貧窮的叔母……在文章開頭，提到了位於明治神宮外苑──聖德紀念繪畫館的獨角獸銅像之短篇故事。收錄於《開往中國的慢船》（P.110）。

炎（暫譯）

Fires／ファイアズ（炎） ㊙

收錄了瑞蒙・卡佛（P.177）自傳式散文、詩與小說的作品集。在促使卡佛寫小說的大學小說講座上，卡佛的導師──小說家約翰・加德納曾說過「你們誰都沒有稱為『火焰』那不可或缺的東西」。一般認為本作對村上講述寫作一事的散文《身為職業小說家》（P.088）有所影響。

中央公論新社
1992年

家務事

Family Affair／ファミリー・アフェア ㊗

主角「我」與妹妹兩人在東京生活。妹妹與名為渡邊昇的電腦工程師有了婚約，但是「我」完全無法喜歡他。書名為「家庭問題」的意思，是1960年代美國知名電視偶像劇的名字。日本也以「紐約婆婆（ニューヨーク　パパ）」之名播放。為村上作品中罕見寫實描寫人際關係的故事，也對《挪威的森林》（P.125）造成影響。收錄於《麵包店再襲擊》（P.131）。

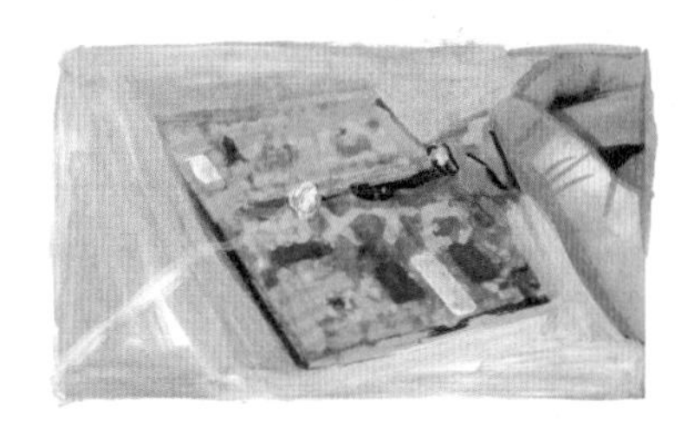

給我「比喻」，其餘免談

（為了解讀隱藏在其中的暗號）

說到村上文學的有趣之處，那鐵定是「創新的譬喻表現」了。
譬如《世界末日與冷酷異境》的「像新出品的棺材一樣清潔的電梯」，
與「我希望能在地球和麥可・傑克遜轉一圈的時間裡沉沉昏睡」等。
每當新作出刊時，獨特的譬喻總使讀者驚艷。
在此，透過重疊兩個意象，產生深刻的韻味。
能夠體驗彷彿得到被壓縮的大型圖書館的心情。

賓士車便像一隻很聽話的魚
一般，無聲地消失
在夜之黑暗中去了。
《舞・舞・舞》

一切都死絕了。
像斷了線的電話機
一般完全沉默。
《舞・舞・舞》

像迎接嘉年華會的
比薩斜塔般向前傾斜
而堅挺的勃起。
《海邊的卡夫卡》

他們的餐桌，感覺上
好像新宿車站一般長。
《發條鳥年代記》

column 06 metaphor

曬黑了好有魅力，
看起來簡直像是咖啡加牛奶的精靈一樣。
《舞・舞・舞》

因為睡眠不足，
臉像廉價起司蛋糕一樣浮腫。
《世界末日與冷酷異境》

身體麻痺。頭好痛。
好像有人把我和冰塊一起放進攪拌器裏，
七上八下地亂搖亂晃一番似的。
《尋羊冒險記》

她穿著令人想起棒球季
剛開始的球場草坪那種色調的
綠色運動外套、白襯衫打著黑色蝴蝶結。
《世界末日與冷酷異境》

事實上我到她家去請求讓我們結婚時，
她父母的反應非常冷淡。
簡直就像全世界的冰箱門
都同時一起打開了似的。
《發條鳥年代記》

飛雅特600

FIAT 600／フィアット 600

《聽風的歌》（P.058）中登場的義大利車。「我」的朋友老鼠（P.124）擁有黑色的飛雅特600，過了早上4點後撞進有猴子柵欄的公園（P.80）成了廢鐵。翻拍成電影時，使用的是飛雅特500。

菲利普・加布裡埃爾

Philip Gabriel／フィリップ・ガブリエル ㊇

日本文學研究者，也是村上作品的翻譯者之一。曾翻譯過《1Q84BOOK3》（P.043）、《海邊的卡夫卡》（P.048）、《國境之南・太陽之西》（P.072）、《人造衛星情人》（P.096）、《沒有色彩的多崎作和他的巡禮之年》（P.084）等。

菲力普・馬羅 教我們的生存之道（暫譯）

Philip Marlowe's Guide to Life／フィリップ・マーロウの教える生き方 ㊙

雷蒙・錢德勒（P.177）所創作的私家偵探菲力普・馬羅的名言集。關於愛、女人、死亡、酒、香菸等，透過村上的翻譯呈現出滿滿憤世嫉俗且帥氣的詞彙。從錢德勒的詞彙中，能夠感受到村上文學的起源。

早川書房，2018年

芬蘭

Finland／フィンランド ㊞

在《沒有色彩的多崎作和他的巡禮之年》（P.084）中出現了芬蘭街道——海門林納。主角多崎作（P.107）的高中好友，後來成為陶藝家的「黑妞」（P.068）在芬蘭有一間避暑別墅。此地也作為作曲家尚・西貝流士的出生地而為人所知。村上在實際撰寫小說之後，便在旅行遊記《你說，寮國到底有什麼？》（P.174）的旅行中造訪了尚・西貝流士與阿基・郭利斯馬基（P.036）。

福斯汽車

Volkswagen／フォルクスワーゲン

德國的汽車製造商。《1973年的彈珠玩具》（P.097）中，要去配電盤的葬禮（P.126）的主角們，坐的便是天空色的福斯汽車。短篇〈萊辛頓的幽靈〉（P.178）中主角所坐的是綠色的福斯汽車。此外，《沒有色

彩的多崎作和他的巡禮之年》(P.084)中去了芬蘭的多崎作(P.107)所借的，是「橘色 Golf」租用汽車。

深繪里

Fuka-Eri／ふかえり ㊧

在《1Q84》(P.043)中登場的17歲美少女。本名為深田繪里子。是邪教組織「先驅」(P.078)首領深田保之女，也是小說《空氣蛹》(P.065)的作者。有難以讀寫文字與文章的閱讀障礙，不過卻有可以記起長篇故事的能力。

不可思議的圖書館(暫譯)

The Strange Library／ふしぎな図書館 ㊥

主角「我」去圖書館找書。到了櫃檯人員所引領的地下室之後，出現了恐怖的老人與羊男(P.134)。由佐佐木 Maki(P.078)用插畫，將短篇《圖書館奇譚》(P.115)改編成繪本的作品。此外，德國的杜蒙出版社還出版了像繪本一樣的藝術書《圖書館奇譚》，附上了 Menschik Kat 的插畫。

講談社，2005年

愛麗絲夢遊仙境

Alice's Adventures in Wonderland／不思議の国のアリス

由英國作家路易斯・卡羅所寫的兒童文學傑作。村上非常喜歡這部作品，因此村上所經營的爵士咖啡廳「彼得貓」(P.133)的火柴盒上，印有這部作品中所登場的微笑貓。《世界末日與冷酷異境》(P.097)強烈地反映了《愛麗絲夢遊仙境》的原型故事《地下國的愛麗絲》(暫譯，Alice's Adventure Under Ground)的書名。而《刺殺騎士團長》(P.063)中，主角過世的妹妹小徑(P.073)是狂熱的愛麗絲迷。

路易斯・卡羅／作
脇明子／譯
岩波書店，2000年

標緻205

Peugeot 205／プジョー 205

《刺殺騎士團長》(P.063)中主角所乘坐的紅色福斯車。主角曾用這台老舊的手排車流浪到東北與北海道。

雙胞胎與沉沒的大陸

The Twins and the Sunken Continent／双子と沈んだ大陸 ㊦

於《1973年的彈珠玩具》(P.097)中登場的雙胞胎其後續的故事。「我」與一名叫渡邊昇的男子兩人一同經營一間小翻譯事務所。之後，在雜誌上看到約半年前分別穿著「208」與「209」長袖運動衫的雙胞胎。笠原 May(P.057)等也有登場，齊聚了村上作品的所有知名角色。收錄於《麵包店再襲擊》(P.131)。

雙胞胎女郎

Twin Girls／双子の女の子 ㊟

雙胞胎女郎是於《1973年的彈珠玩具》（P.097）登場的「我」的同居人。某天早上睡醒之後，就睡在「我」的兩側。只能靠長袖運動衫胸口印刷的「208」與「209」來分辨她們。「我」喝著雙胞胎為我泡的咖啡，一邊反覆看著伊曼努爾・康德（P.045）的著作《純粹理性批判》。在繪本《羊男的聖誕節》（P.134）中也有登場。

二俣尾

Futamatao／二俣尾 ㊞

《1Q84》（P.043）中所登場的JR青梅線車站。書中有天吾（P.113）與深繪里（P.141）一同前往前文化人類學者位於二尾戎野（えびすの，ebisuno）宅邸的場景。也是深繪里所寫的小說《空氣蛹》（P.065）誕生之地。

冬之夢

Winter Dreams／冬の夢 ㊞

史考特・費茲傑羅（P.091）20多歲時的短篇集，裡頭收錄的《Pre Gatsby》五篇短篇作品，也可以說是其在29歲發表的《大亨小傳》（P.068）的原型。〈赦罪〉（暫譯，Absolution），是《大亨小傳》的部分內容獨立出來的短篇。

中央公論新社
2011年

法蘭妮與卓依

Franny and Zooey／フラニーとズーイ ㊞

與傑洛姆・大衛・沙林傑（P.083）的《麥田捕手》（P.174）並列，為廣為人知的代表作。是將「法蘭妮」與「卓依」系列小說整理成冊的著作。圍繞著格拉斯家族的女大生法蘭妮與演員哥哥卓依的故事。知名的野崎孝譯版為《フラニーとゾーイー》，不過村上春樹翻譯成《フラニーとズーイ》。

新潮社，2014年

法蘭茲・卡夫卡

Franz Kafka／フランツ・カフカ ㊇

捷克小說家，因男子某天在床上醒來後變

成巨大之蟲的作品《變身》而廣為人知。村上的《海邊的卡夫卡》（P.048）就是致敬卡夫卡而寫的。在《刺殺騎士團長》（P.063）中，騎士團長有句發言：「法蘭茲・卡夫卡喜歡斜坡道。他被所有的斜坡道吸引」。

法蘭茨・卡夫卡文學獎

Franz Kafka Prize ／フランツ・カフカ賞

與捷克出身的小說家法蘭茨・卡夫卡（P.142）有所淵源而所創立的文學獎。初位獲獎者為美國小說家菲利普・羅斯。2006年，村上是第一位獲頒的日本作家，而他在得獎演說上曾說「我在15歲時與卡夫卡的作品相遇，那就是《城堡》。卡夫卡是我最喜歡的作家之一」。

法蘭茲・李斯特

Franz Liszt ／フランツ・リスト ㊅

為19世紀匈牙利最具代表性的鋼琴演奏家與作曲家。因絕妙的鋼琴演奏技巧與其美貌而聞名於世。李斯特的鋼琴曲集《巡禮之年》成了《沒有色彩的多崎作和他的巡禮之年》（P.084）的書名。甚至，主角的朋友「白妞」（P.90）經常演奏其鋼琴曲集《巡禮之年》第一年「瑞士」中的《鄉愁》（P.177），作為回憶的曲目，彷彿作品的主題曲一般登場了許多次。

普林斯頓大學

Princeton University ／プリンストン大学

身為史考特・費茲傑羅（P.091）的母校而眾所皆知的紐澤西州大學。1991年，村上成為這所大學的客座教授，在這停留2年一邊執筆寫作。當時所發生的事情詳細地寫在散文集《終究悲哀的外國語》（P.168）中。

游泳池畔

プールサイド ㊭

前游泳選手的「他」在35歲的早晨，於鏡子前仔細地端詳自己的身體後說出「我也老了」，確認已過了人生的轉折點。「我」在泳池邊聽游泳夥伴「他」說關於「小小失落感」的故事。收錄於《迴轉木馬的終端》（P.056）。

重播

Playback／プレイバック 翻

早川書房，2016年

因菲力普・馬羅知名的台詞「我強悍故我在，而我的柔情乃我生存的資格（If I wasn't hard, I wouldn't be alive.If I couldn't ever be gentle, I wouldn't deserve to be alive）」而廣為人知，為雷蒙・錢德勒（P.177）的作品。因村上春樹的新翻譯版而脫胎換骨。

毛茸茸

Fuwafuwa／ふわふわ 繪

「世界上的貓咪我大致都喜歡，但在地球上的各種貓咪當中，我最喜歡上了年紀的大母貓」。以村上小時候實際飼養貓咪的故事為根本，與安西水丸（P.042）共同製作的繪本。

講談社，1998年

文化上的剷雪

snow shoveling／文化的雪かき

於《舞・舞・舞》（P.109）中登場的知名台詞。將雖然有必要閱讀卻彷彿沒有人願意理睬的文章，比喻為「鏟雪」的表現。自由寫手「我」與雪（P.169）的父親——小說家牧村拓（P.154）之間的對話相當有名。「只是提供填空的文章而已。什麼都可以。只要有寫字就行了。但總得有人寫。於是，我就寫了。就像剷雪一樣。文化上的剷雪」、「我可以拿來用在什麼地方嗎？那所謂的『剷雪』。很有意思的表現，文化上的剷雪」。順道一提，這個牧村拓（MAKIMURA HIRAKU）是村上春樹（MURAKAMI HARUKI）的易位構詞。

平均律鍵盤曲集

The Well-Tempered Clavier／平均律クラヴィーア曲集

巴哈（P.171）的作曲，被稱為「鋼琴的舊約聖經」，為鋼琴家的經典。在《1Q84》（P.043）中，於天吾（P.133）與深繪里（P.141）初次對話中登場。天吾說「對喜

snow shoveling

歡數學的人來說，《平均律鋼琴曲集》真是天上的音樂」，之後也作為深繪里喜歡的音樂出現。村上曾說過，《1Q84》的BOOK1與BOOK2的組成「各24章，合計48章」，是配合這個平均律鍵盤曲集的格式，像大調與小調般，交互寫青豆（P.035）與天吾的故事。

平家物語

The Tale of the Heike ／平家物語

在《走，不要跑（暫譯）》（P.046，Walk, Don't Run 村上龍 VS 村上春樹）中，村上曾說過「我們家的老爸跟老媽都是國文老師，（中略）所以把《徒然草》、《枕草子》全部都記在腦中了，還有《平家物語》之類的」這些關於孩童時代餐桌上對話的回憶。而在《1Q84》（P.043）中，則有深繪里（P.141）背誦部分《壇之浦之戰》的場面。

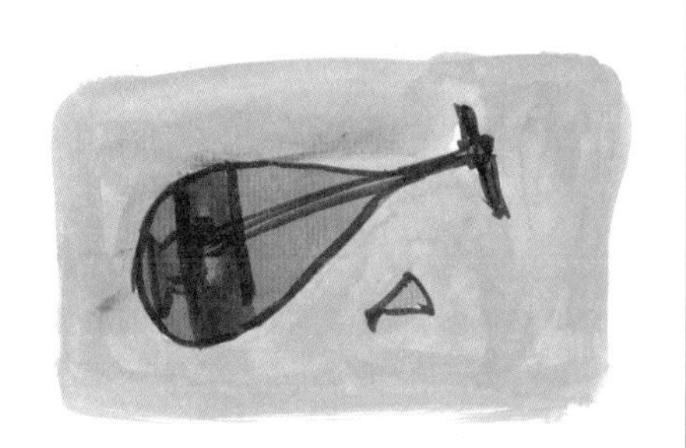

寵物之聲

Pet Sounds ／ペット・サウンズ ㊫

收錄了人稱美國樂團披頭四（P.133）最高傑作的傳說唱片《寵物之聲》到發售之前的紀錄。由村上翻譯團長約翰・藍儂的苦惱與悲劇，為非虛構式文學。

新潮社，2008年

貝多芬

Lutwig van Beethoven ／ベートーヴェン ㊇

路德維希・范・貝多芬是德國偉大的音樂家。於村上作品《海邊的卡夫卡》（P.048）中登場的貝多芬鋼琴三重奏《大公三重奏》非常有名。曾有卡車司機星野（P.146）在咖啡廳聽到《百萬三重奏》後備受感動，之後去買了CD，讀貝多芬傳記的場景。

邊境・近境

Frontier, Neighborhood ／辺境・近境 ㊂

村上從1990到1997年於世界各地遊歷，本書為充滿這七年記錄的旅行遊記，收錄了造訪《發條鳥年代記》（P.124）中所提到，與諾門罕戰役有關地點的〈諾門罕的鐵之墓場〉，以及走在震災後的故鄉的

〈走過神戶〉等等。還有可以一同欣賞安西水丸（P.042）插畫的篇章〈讚岐・超深度烏龍麵紀行〉，此時造訪高松的經驗，對其後的著作《海邊的卡夫卡》（P.048）影響甚鉅。

新裝版 新潮社
2008年

邊境・近境含攝影集

Frontier, Neighborhood／辺境・近境 写真篇 ㊔

透過同行攝影師松村映三的照片，得以滿足在《邊境・近境》（P.145）中遊歷的風景，為寶貴的攝影散文集。據說僅有從村上的故鄉西宮走到神戶（P.070）的章節〈走過神戶〉，是因為村上本人希望獨自步行，之後松村先生才循原路再進行拍攝。

新潮社，1998年

我

僕 ㊟

作為村上作品的特色，以《聽風的歌》（P.058）、《1973年的彈珠玩具》（P.097）、《尋羊冒險記》（P.134）、《舞・舞・舞》（P.109）這「我與老鼠四部曲」為首，眾多作品都是用「我」這種第一人稱的風格所寫。據說村上在寫完《發條鳥年代記》（P.124）後，心想「不能總是只用第一人稱」，因此《海邊的卡夫卡》（P.048）裡的中田先生（P1.20）章節、《黑夜之後》（P.038）、《1Q84》（P.043）、《沒有色彩的多崎作和他的巡禮之年》（P.084）都是用第三人稱來書寫。

我打電話的地方

Where I'm Calling From／ぼくが電話をかけている場所 ㊞

瑞蒙・卡佛（P.177）1983年在日本第一本翻譯出版的短篇集。由村上負責翻譯與選出8篇收錄作品。村上有生以來初次拜讀且備受感動的卡佛作品《家離有水的地方那麼近（暫譯，So Much Water So Close toHome）》也收錄其中。

中央公論社，1983年

星野

Mr.Hoshino／星野くん ㊟

《海邊的卡夫卡》（P.048）中從事遠距離卡車司機的青年。俗稱「星野老弟」。讓中田先生（P.120）搭便車，在去四國的旅途上與之同行。高中畢業後三年加入自衛隊，是中日龍（日本職棒隊伍）的球迷。

螢火蟲

Firefly／螢 ㊐

描述村上的半自傳型故事。《挪威的森林》（P.125）的原型作品。在東京念大學的「我」與高中時自殺友人的女友再度相遇，不斷地與她約會。「我」在屋頂上所

見螢火蟲那脆弱的光芒，與不久便消失的她——直子（P.120）的身影重疊。

螢・燒穀倉・其他短篇

Firefly, Bahn Burning and Other Short Stories／
螢・納屋を焼く・その他の短編 (集)

村上早期的傑作短篇集。封面只有安西水丸（P.042）的手繪文字，簡單又創新。所收錄的作品有〈螢火蟲〉（P.121）、〈燒穀倉〉（P.121）、〈跳舞的小矮人〉（P.052）、〈盲柳，與睡覺的女人〉（P.163）、〈三個關於德國的幻想〉（P.158）。

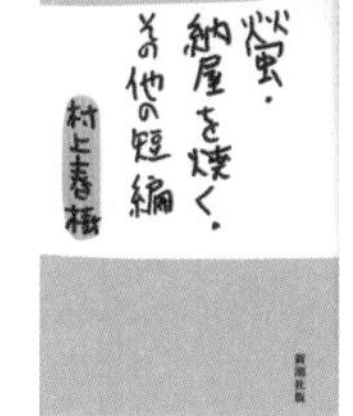

新潮社，1984年

鬆餅配可樂

Pancake and Coca-Cola／
ホットケーキのコカ・コーラがけ

《聽風的歌》（P.058）中登場的名產菜單。「老鼠最喜歡吃剛煎好的hot cake（鬆餅）。他把那疊成幾片放在深盤子裡，然後用刀子整齊地切成4等分，再從上面澆一瓶可口可樂」。接著「老鼠」（P.124）對「我」說「這種食物的優點是」，「食物跟飲料渾然化為一體了」。意外獲得美味好評的春樹料理。

喜歡馬鈴薯濃湯的貓（暫譯）

The Cat Who Liked Potato Soup／
ポテト・スープが大好きな猫 (翻)

在美國書店發現這本繪本的村上，買回家後就一口氣翻譯完成的作品。描述住在德克薩斯鄉下的老爺爺，與不抓老鼠、最喜歡馬鈴薯濃湯的母貓悠閒的日常生活。作者為泰瑞・法里希，繪畫則是貝瑞・魯特。

講談社，2005年

爵士群像1、2

Portrait in Jazz 1&2／
ポートレイト・イン・ジャズ1、2 (散)

村上為插畫家和田誠（P.183）所畫的爵士樂手肖像增添散文的爵士圖鑑。書名出自比爾・艾文斯於1959年發行的專輯名稱。

新潮社，1997年（第一篇），2001年（第二篇）

鮑比・狄倫

Bob Dylan／ボブ・ディラン (人)

活躍歷時半世紀的美國創作歌手。詩中充滿了反戰與反權威的訊息，跨越了世代與國界，帶來劇烈的迴響。2016年以詩人的身分獲頒諾貝爾文學獎（P.125），蔚為話題。在《世界末日與冷酷異境》（P.097）中的章節標題上寫有「鮑比・狄倫」的名字與圖畫，作品中《答案在風中飄蕩（Blowin' in the Wind）》與《像一塊滾石（Like a Rolling Stone）》等各式曲目都有登場。特別是最後一幕播放的《大雨就要落

Bob Dylan

下來（A Hard Rain's A-Gonna Fall）》，最具象徵性。

保時捷

Porsche／ポルシェ

因高級跑車而廣為人知的德國車商。《發條鳥年代記》（P.124）中赤坂西那蒙（P.036）所搭乘的就是中古保時捷「911 carrera」。《沒有色彩的多崎作和他的巡禮之年》（P.084）的登場人物紅仔（P.036）所搭乘的則是保時捷「卡雷拉4」。

保羅・索魯

Paul Edward Theroux／ポール・セロー ㊇

因作品《蚊子海岸》被翻拍成電影而聞名，為旅居世界的美國作家。短篇《世界終焉（暫譯）》（P.183，World's End and Other Stories）是由村上翻譯。兒子作家馬賽爾・索魯（P.156）的作品《極北》（P.065）

也是村上著手處理，因此村上擔任了父子兩代的翻譯。在亞洲遊記《幽靈列車前往東方之星》（暫譯，ゴースト　トレインは東の星へ）之中記載著村上帶他遊歷東京時到女僕咖啡廳的事情。

本田

Honda／ホンダ

日本的汽車廠牌。在《1Q84》（P.043）中，被天吾（P.113）誇獎的護理師安達久美曾說「被你這麼一說，好像變成 Honda Civic 了似的」。此外，在短篇等之中也時常登場。

本田（本田伍長）

Mr.Honda／本田さん（本田伍長）（登）

登場於《發條鳥年代記》（P.124）中的占卜師。自從在從軍的諾門罕受傷以來，聽力就變得很差。受到綿谷家的信賴，在本田的建言之下，主角「我」岡田亨與久美子（P.066）結婚了。

士兵的重負

The Things They Carried／本当の戦争の話をしよう（翻）

以越戰為題材，為提姆・奧布萊恩（P.112）的短篇小說集。由村上翻譯這不知為真實故事，還是虛構故事的22篇寫實短篇故事。

文藝春秋，1990年

翻譯

translation／翻訳

村上非常喜歡翻譯。從國中、高中時代開始，他就閱讀英文小說。關於翻譯，他曾說過「翻譯就是最終的熟讀，有助於寫小說」、「對於有創造力的人而言，最怕的就是變成不知外界的『井底之蛙』。而翻譯對我來 ，正是向外界敞開的一扇窗」。

翻譯夜話（暫譯）

Translation Night Story／翻訳夜話（對）

與柴田元幸（P.085）的對談集。整理了東京大學柴田教室與翻譯學校學生這六名中堅譯者的公開討論紀錄。有許多連對翻譯沒興趣的人也能享受的話題，如「僕」與「私」的翻譯差異（中譯皆為「我」）、「炸牡蠣理論」等。

文春新書，2000年

翻譯夜話2：沙林傑戰記（暫譯）

Translation Night Story 2／翻訳夜話2 サリンジャー戦記（對）

與柴田元幸（P.085）合著的「翻譯夜話」系列第二作。除了本來預定刊載於《麥田捕手》（P.064）中的「譯者解說」外，還闡述了滿滿關於 J.D. 沙林傑（P.083）的一本書，如霍爾登是沙林傑嗎？等等。

文春新書，2003年

安東尼·
班契勒教授

Harukist 的終端

特別訪談「為何全世界會閱讀村上春樹？」

在法國研究村上春樹的
史特拉斯堡大學教授——安東尼 · 班契勒（Antonin Bechler）教授。
據說有不少學生為了聽在歐洲也相當受歡迎的課程「漫畫與村上」，
而進入這間大學就讀。
我潛入了課堂取材，從班契勒老師口中確實聽取了村上文學的祕密。

帶有 SF 電影架構的文學

——首先，想請問您對村上春樹文學式的源頭有什麼想法呢？

在《尋羊冒險記》中，已經充滿了許多 SF 式的幻想要素了呢。從其敘述方式來看，可以知道他受到美國 SF 電影的強烈影響。例如，「羊」就受到了法蘭西斯 · 福特 · 柯波拉的作品《現代啟示錄》不少影響，事實上，美國 SF 電影的影響，已經成了不少村上小說的骨架了。

——說起來，村上先生曾說過最喜歡《星際大戰》了呢。

《世界末日與冷酷異境》的架構與結束方式，就是受到雷利・史考特導演的作品《銀翼殺手》影響。這是村上在日本寫作本書時曾公開發表的。此外，1994～95年他發表了《發條鳥年代記》，本作品則受到大衛・林區的電視劇系列《雙峰》影響。這部電影，正好是村上待在普林斯頓大學時美國所放映的電影。

——也就是說，這類文學帶有SF電影的結構是嗎？

村上的作品是大人的幻想世界。與吉普力動畫相同，帶給讀者「療癒」。此外，作品中也刻意摻入了許多流行元素。

——確實，也可以說是記號文學呢。村上先生究竟想要寫些什麼呢？

村上展開他的文學生涯背景，也就是1980年代的日本歷史、經濟狀況相當重要。日本的80年代，是經濟危機、石油危機結束後的上坡時代，這10年來人們將會變得越來越富足。日本人也開始追求個人與物質上的豐饒，「歷史性的記憶喪失」也在這個時代中誕生。

——具體而言是怎麼回事呢？

村上簡直就像畫家一樣。他會非常仔細描寫故事的情況，讓人感受到真實感。風格極為簡單，卻讓人回想起賈西亞・馬奎斯的書。該說是完全的人工嗎？總之和《百年的孤獨》是同樣的原理。跟隨著主角的故事，時而又被抽回現實，到頭來100%毫無意義的感覺。我看了《海邊的卡夫卡》後也有這種印象。

——用繪畫來說，就像超現實主義的感覺吧。

俳句式的比喻表現

村上自己也說，他受到美國文學風格的影響。甚至第一本小說《聽風的歌》，本來是想要用英文來寫的。這到頭來也只是傳說，真偽不得而知，不過在日本，村上的表現手法被認為是「非日本式的」。

——村上先生會在小說中採用大量的比喻、隱喻和與眾不同的對比。這帶有怎麼樣的效果呢？

這種風格彷彿讓人聯想起阿根廷作家豪爾赫・路易斯・波赫士。他的文體有一種「透明感」。假使探詢略為哲學的方式，那就是「無」。明明是空蕩無物的狀態，卻非常雄偉。由於是空曠的空間，裡面什麼都沒有，但那裡正是個溝通的場所。

——在比喻之中溝通的意思嗎？

舉例來說，《發條鳥年代記》裡就有很村上式的有趣對比比喻。「她父母的反應非常冷淡。簡直就像全世界的冰箱門都同時一起打開了似的」、「穿著灰色的襯衫一直蹲坐在黑暗之中的她，看起來宛如像是被棄置在錯誤場所的行李一般」等等。極為簡單的辭彙中蘊含著反諷，用偽裝的天真結合現實中完全不同的要素，是種有所連結的比喻。

——就是日本式的感覺嗎？

簡直就像是日本的詩與俳句。藉由讓相反的事物相互碰撞來產生意象。在俳句等之中，也可以找到這樣的發想。透過讓兩個要素、相反世界的要素產生摩擦，創造出詩意般的大爆炸。就我的個人印象來說，村上的比喻，是基於這些俳句的發想。

——「俳句式的比喻表現」，可以說是村上作品的魅力之一呢。

即便很好讀，沒有特別注意到，這比喻與故事的主軸也沒有任何關係。正因為沒有職責所在，才會被添加於此。從遙遠的現實世界中取出，給予詩意般的氣象。如果要說給人西洋感受、風格的村上表現方法有什麼日式特徵，我認為就是這點了。換言之，這並非小孩取向，而是「在給大人閱讀的作品中融入奇幻要素的勇氣」。加入完全沒有關係且超現實的比喻，給予小說新氣象的這一點最有魅力。

大人的童話

——村上作品最大的主題是什麼呢？

一開始，我認為主要的主題是「現代人的孤獨與喪失感」。「與社會性抽離般的孤獨」和「要如何修復人際關係」，是村上春樹的一大主題。修復這個詞彙略顯誇張，而且崩毀的人際關係是沒辦法如此輕易就修復的，取而代之，在排除社會性的小說世界中，用奇幻、SF感、神話的要素來填補這些，就是村上春樹的基本作法。

——真是尖銳的論點呢。班契勒先生覺得哪部分有趣呢？

對外國讀者來說，他小說的有趣之處，在於除了細膩描寫自己能夠有強烈共鳴的西洋式孤獨以外，故事中也布滿了能夠克服這些的神話要素。使人忘記自己孤獨、喪失感的「大人童話」要素，在他的小說中非常重要。

——您是說大人的童話嗎？

例如，對法國的讀者而言，講到奇幻小說，就只有極為黑暗、恐怖與驚悚的小說。又或者是，故意用更輕鬆的方式處理奇幻要素，好似童話的小說。因此，就會產生當想要閱讀這樣的作品時不知道要讀什麼才好的問題呢。讀了童話故事會被當成小孩子，如果想要忘記日常而閱讀，又不能讀恐怖故事。關於這點，我認為村上春樹的才能非常有助益。

作為「療癒系文學」

——換言之，即是村上作品有療癒的作用是嗎？

沒錯，取回讓人忘卻的自我孤獨感、喪失感這類人際關係，是現代人最重要的課題。在村上春樹的小說中，大多會出現被孤立的主角。即便不孤獨，也會設定成一名沒有孩子的主婦、沒有雙親、與外界毫無關聯、斷絕關係。因此，作品結構讓現代讀者非常容易融入。其中，如何去修補這些早已破壞的人際關係，就是村上文學最重要的要點。

——也就是說，會藉由閱讀，產生得以修復人際關係的錯覺嗎？

沒錯。我認為讀者透過閱讀而被療癒。要說到哪個部分療癒，那就是在故事進行的過程中（尤其是結尾部分），破壞的人際關係得以修復的主要結構。還有一點，即是在與異常冷淡的現代社會不同次元中，發展出更加溫暖、更加有所羈絆的幻想世界呢。我認為這點就可以說是「療癒系文學」。

滿布的流行文化記號

——您認為為何全世界都在閱讀村上先生呢？

在西洋式、後工業式的國家，確實大家都會閱讀他的小說。說到原因，果然還是因為他的作品裡有滿滿早已普及的流行文化記號，讀者會有親切感。

——如何享受這些滿布的記號？

例如，西洋讀者在閱讀村上春樹的小說時，都不會因為舞台是日本而產生違和感。因為，即便舞台在日本，村上春樹的主角們也會吃西洋食物，從事西洋職業。

——這倒是沒錯。

不過，村上春樹小說中還加入了神道要素、泛靈要素，這就是以日本文化為基礎的世界了。

——您認為日本人是與魔物、妖怪共存的人種嗎？

我認為是如此呢。喜歡村上春樹的讀者大多都喜歡吉普力動畫。而這回，讀者就在村上春樹的小說中，同樣找尋那些在吉普力動畫裡發現的奇幻式療癒元素。好似現實與非現實的世界格外調和一般展開呢。

——他和賈西亞・馬奎斯、大衛・林區有哪裡不同呢？

不同的果然還是村上處理得較輕鬆，也較樂觀吧。大衛·林區的電影裡沒有樂觀的元素。賈西亞·馬奎斯則是為了面對隱藏在黑暗中的社會問題，才採取奇幻的元素。村上春樹完全沒有這麼做，我認為，村上春樹是為了療癒讀者，或是登場人物與斷絕世界的羈絆，才將這些輕巧樂觀的奇幻要素呈現在相機的面前。

——原來如此。非常感謝您。

（於法國，史特拉斯堡大學）

まき

米卡爾・吉爾莫
Mikal Gilmore／マイケル・ギルモア㊇

村上翻譯的書籍《致命一擊》(P.091）的作者，是一名音樂寫手。為在美國猶大州衝動襲擊加油站並殺害店員，後來還射殺汽車旅館管理員，面臨槍決的蓋瑞・吉爾莫之弟。撰寫家人成為殺人犯的本作品也被翻拍成電視劇，造成話題。

邁爾士・戴維斯
Miles Davis／マイルス・デイヴィス㊇

被稱為「摩登爵士帝王」的小號演奏家。《聽風的歌》(P.058)、《世界末日與冷酷異境》(P.097）等，村上作品中時常會出現邁爾士的曲子和唱片。在《挪威的森林》(P.125）中，就有一幕是主角一面聽著邁爾士的老唱片，一面寫著長信。「只能坐在書桌前一面用自動反覆聽好幾遍 Kind of Blue，一面呆呆望著雨天中庭的風景」。

順帶一提，這個「雨中庭園（雨天中庭，雨の中の庭）」，是《挪威的森林》最初的書名。邁爾士・戴維斯或許是既披頭四(P.135）之後的作品隱藏主題曲。

我失落的城市
My Lost City／マイ・ロスト・シティー㊞

收錄史考特・費茲傑羅（P.091）的五篇短篇小說及一篇散文的作品集。是1981年，村上值得紀念的第一本翻譯作品。封面插畫為西洋派畫家落田洋子的作品。在那之後，落田也負責《世界末日與冷酷異境》(P.097）的新裝版及《第凡內早餐》(P.112）的裝幀畫。

中央公論社，1981年

牧村拓
Hiraku Makimura／牧村拓㊜

《舞・舞・舞》(P.109）中一名不賣座的小說家。從天真的青春小說作家突然變成實驗性的前衛作家，在神奈川縣的過堂生活。雪（P.169）的父親。為「村上春樹（MURAKAMI HARUKI）」的易位構詞遊戲，事實上是村上在雜誌等文字工作上所使用的夢幻筆名。順帶一提，在投稿群像新人文學獎（P.068）時，他使用的是「村上春紀」的筆名。

馬克・斯特蘭德
Mark Strand／マーク・ストランド㊇

代表美國現代詩界的詩人。村上在普林斯頓大學（P.143）教書的時代，偶然於鄉村小鎮的舊書店邂逅他的第一篇短篇集——《貝比先生與貝比小姐（暫譯）》(P.045）的原文書《Mr.and Mrs.Baby and Other Stories》，因而成了翻譯的契機。村上曾說過「這是一本有智慧，溫柔又如同黑暗深

Hiraku Makimura

淵般深奧，韻味奇妙的短篇集」。

麥當勞

McDonald's ／マクドナルド

世界最大型的漢堡連鎖店。短篇〈麵包店再襲擊〉（P.131），就在描寫因為深夜太餓想要襲擊麵包店卻找不到，在無可奈何之下轉為襲擊麥當勞搶奪大麥克的故事。諷刺如同麥當勞一般標準化的現代社會。

魔幻寫實主義

magic realism ／マジック・リアリズム

結合日常與非日常、現實與幻想的表現方式。賈西亞・馬奎斯、豪爾赫・路易斯・波赫士等許多拉丁美洲文學作家使用的手法。村上作品也寫了很多夢、異世界與虛構的世界，可以稱之為魔幻寫實主義。順帶一提，在《世界末日與冷酷異境》（P.097）中，「我」正在調查獨角獸（P.044）時，波赫士的著作《幻獸辭典》

曾作為參考書而出現在故事中。

瑪莎拉蒂

Maserati／マセラティ

《舞・舞・舞》（P.109）中五反田君（P.072）為了使用經費所搭乘的義大利車。以海神——海王星之戟為車子標誌的高級外國車瑪莎拉蒂衝進東京灣的一幕相當衝擊性。

馬歇爾・思魯

Marcel Theroux／マーセル・セロー ㊅

英國作家、電視記者。父親為因《世界終焉（暫譯）》（P.183，World's End and Other Stories）而出名的作家保羅・索魯（P.148）。村上翻譯了他們父子的作品。馬歇爾・思魯的《極北》（P.065），是以西伯利亞為舞台，描寫文明毀滅後的世界的反烏托邦小說。

葛棗子沐浴之丸（暫譯）

Matatabi Abita Tama／またたび浴びたタマ ㊗

用友澤 Mimiyo 的插畫，介紹從日文「あ」

到「わ」的回文，為歌留多書籍。村上自白自己的血型並說了「A型比較好」，還闡述「會為尤達看家」等喜歡「星際大戰」的發言，充滿了關西人笑點的語感。

文藝春秋，2000年

城鎮與不確實的牆壁（暫譯）

街と、その不確かな壁 ㊗

沒有收錄在全集中的夢幻作品。刊載於《文學界》1980年9月號。主角「我」，聽「你」說了被高牆所包圍的「城市」的故事。為《世界末日與冷酷異境》（P.097）的練習作品，成了被牆壁包圍的平行世界（P.129）「世界末日」之世界觀原型。

馬拉松

marathon／マラソン

為了雕塑身形，村上從33歲開始跑馬拉松。在散文集《關於跑步，我說的其實是......》（P.127）中，他寫到:「要繼續下去——不要讓節奏中斷。對長期作業來說，這點很重要。節奏一旦設定好，以後事情就好辦了。但是在慣性輪以一定的速度開始確實轉動起來之前，得花許多心思去注意這部分才能持續下去」。

馬克思兄弟

The Marx Brothers／マルクス兄弟 ㊟

與喜劇之王卓別林、巴斯特・基頓同時代，人氣相當高的四兄弟喜劇演員——奇科、哈珀、格魯喬、澤波。曾公開表示最喜歡馬克思兄弟的村上，甚至還在爵士咖啡廳「彼得貓」（P.133）召開上映會。在《尋羊冒險記》（P.134）中，有一幕是「我」於別墅裡看著鏡子，說著「簡直就像『Duck Soup』裏面的格魯喬（Groucho）和哈珀（Harpo）一樣」，聯想到馬克思兄弟主演的電影《鴨羹（Duck Soup）》。

み

三島由紀夫

Yukio Mishima／三島由紀夫 ㊇

代表戰後日本文學界的小說家。1970 年 11 月 25 日，在自衛隊的市之谷駐屯地切腹自殺。在《尋羊冒險記》（P.134）的第一章〈1970/11/25〉的〈星期三下午的野餐〉中，有描寫到電視上映照出三島的模樣。一般認為該作品是否受到了三島的著作《夏子的冒險》影響。大小姐夏子在前往北海道的途中，與一名戀人被熊所殺而前來報仇的男子相遇，一同擊退擁有四隻手指的吃人熊，為奇妙的冒險故事。

海水交匯的地方／海青色（暫譯）

Where Water Comes Together with Other Water/Ultramarine／水と水とが出会うところ／ウルトラマリン ㊩

像私小說一般描寫日常小事，寫成如同日記的瑞蒙・卡佛（P.177）詩集。有一天突然來了一通電話、去了動物園、看了書、說了 OK 。收錄了許多可以接觸到村上文學原點的空氣感作品。

中央公論新社
1997年

三個關於德國的幻想

Three German Illusions／三つのドイツ幻想 ㊟

由〈冬季博物館內的色情畫〉、〈赫爾曼格林要塞一九八三〉、〈W 先生的空中庭園〉這三個奇妙標題的篇章所組成，如同散文詩一般的連續短篇。以雜誌《BRUTUS》德國特輯取材的實際體驗為基礎所撰寫。順帶一提，所謂的赫爾曼格林意指德軍的最高掌權者——帝國元帥，也是納粹政權第二人的名字。收錄於《螢・燒穀倉・其他短篇》（P.147）。

綠

Midori／緑 ㊇

《挪威的森林》（P.125）裡與「我」念同一間大學的小林綠。曾就讀四谷站附近的私立女子中學與高中，老家經營書店。母親過世，父親住院中。在翻拍成電影時由水原希子主演。

綠色的獸

The Little Green Monster／緑色の獣 ㊟

主婦「我」看了庭院裡的一顆椎木後，根部的地面就隆了起來，爬出綠色的獸。獸向我求婚了，但我拚了命想像殘酷的舉止後，獸就消失了。「綠色」為村上作品中時常登場的顏色，象徵「生」。《挪威的森林》（P.125）裡的綠（P.158）、《沒有色彩的多崎作和他的巡禮之年》（P.084）的綠川（P.159）在故事中都擔任了重要的角

色。收錄於《萊辛頓的幽靈》(P.178)。

綠川

Midorikawa ／緑川 ㊣

《沒有色彩的多崎作和他的巡禮之年》(P.084) 中的爵士鋼琴家。是多崎作 (P.107) 的朋友——灰田的父親在大分溫泉邂逅的一位聊天會談到「死亡代幣」，有特殊才能的男子。

耳朵

ear ／耳

如《尋羊冒險記》(P.134) 中有著美麗耳朵的女朋友等，村上作品裡對「耳朵」的描寫非常多。《1Q84》(P.043) 中，當天吾 (P.113) 看見深繪里 (P.141) 那一對小小的粉色耳朵時，覺得「那與其說是為了聽取現實的聲音，不如說是為了純粹從美的觀點所做成的耳朵」，並想著「剛剛出品的耳朵，和剛剛出品的女性性器非常相似」。

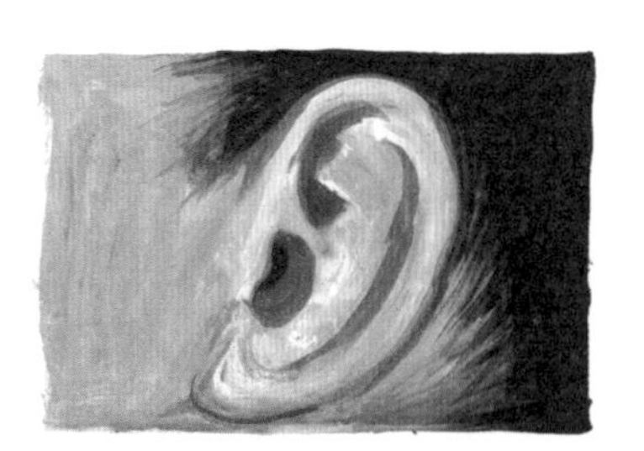

貓頭鷹在黃昏飛翔 川上未映子 VS 村上春樹訪談集

Haruki Murakami A Long, Long Interview by Mieko Kawakami ／みみずくは黄昏に飛びたつ 川上未映子訊く 村上春樹語る ㊟

統整了作家川上未映子 (P.061) 花十一個小時採訪村上之相關紀錄的對談集。從《刺殺騎士團長》(P.063) 的誕生祕話到諾貝爾文學獎 (P.125) 的話題，對尖銳問題的回答相當耐人尋味。村上也說過「不寫小說後，我想在青山那一帶開個爵士樂俱樂部」。

新潮社，2017年

妙妙

Miu／ミユウ ㊜

登場於《人造衛星情人》（P.096）中，讓小堇（P.096）紀念性地墜入愛河的39歲女性。國籍為韓國，卻在日本出生、日本長大。從事葡萄酒進口、安排音樂相關活動的工作。愛車為深藍色的捷豹。

村上朝日堂

Murakami Asahido／村上朝日堂 ㊔

村上35歲時出版的第一篇散文集。在〈「搬家」即景1～6〉中介紹了過去為止曾居住過的城市，還會教「有什麼放什麼的義大利麵」（P.040）的作法，滿滿都是讓人放鬆心情的小故事。附錄的《咖哩飯的故事》與《東京街頭都電消失前的故事》中，則用「文字・安西水丸 插圖・村上春樹」這相反立場來寫。後來和安西水丸（P.042）搭檔出了全七本，此為「村上朝日堂系列」值得紀念的第一彈。

若林出版企畫
1984年

村上朝日堂 超短篇小說 夜之蜘蛛猴

Spider-monkey at Night／
村上朝日堂 超短篇小説 夜のくもざる ㊡

與安西水丸（P.042）搭檔寫的超短篇小說集。網羅了短篇故事傑作，如《發條鳥年代記》（P.124）中同名角色笠原May（P.057）也有登場的〈鰻魚〉、以鮑比・狄倫（P.147）名曲《A Hard Rain's A-Gonna Fall》為篇名的〈正要下豪雨時〉、變成甜甜圈的戀人的故事〈甜甜圈化〉等。順帶一提，書名是詼諧模仿自作曲家拉威爾的曲子《夜之加斯巴》。

平凡社，1995年

村上朝日堂反擊

村上朝日堂の逆襲 ㊔

將連載於雜誌《週刊朝日》的專欄「週刊村上朝日堂」整理成冊的散文集。有趣的是，在只有單行本中才收錄的〈關於芥川賞我所記得的一些事〉（暫譯，芥川賞について えているいくつかの事柄）中，村上講述到因為有電視台和報紙來取材，那實在超級麻煩。還有安西水丸（P.042）的「村上春樹似顔繪畫法」，相當珍貴。

朝日新聞社，1986年

村上朝日堂是如何鍛鍊的

村上朝日堂はいかにして鍛えられたか ㊔

將連載於雜誌《週刊朝日》的專欄「週刊村上朝日堂」整理成冊的散文集第二篇。有許多輕鬆的話題，如「全裸家事主婦俱樂部」、「賓館名稱大賞」等。順帶一提，在安西水丸（P.042）過世的2014年，《週刊朝日》上重新刊載了一次「村上朝日堂」，作為特別篇，還刊載了村上的投稿散文〈沒有畫就結束的一張畫——安西水丸——〉（暫譯）。

朝日新聞社，1997年

村上朝日堂嗨唷！

村上朝日堂はいほー！(散)

整理時尚雜誌《high fashion》上連載的散文集。有關於住在千葉時，某位很想了解客人背景的〈千葉縣的計程車司機〉故事等等，充滿著村上周遭的當地話題。〈查爾斯頓的幽靈〉故事，描述要在南卡羅萊納州東南部的城市查爾斯頓發現沒有幽靈的舊房子很困難。貌似是短篇《萊辛頓的幽靈》(P.178) 的原型，相當耐人尋味。

文化出版局，1989年

村上歌留多—白兔美味的法國人（暫譯）

村上かるた うさぎおいしーフランス人 (集)

與安西水丸（P.042）合作創作，以日文あいうえお（aiueo）歌留多順序來寫的超短篇集。好似嶄新噱頭，又好似拙劣笑話般的文字遊戲連發，村上也說有時候他就是會自動冒出這些符合「腦減賞（與日文的諾貝爾獎諧音）」似的詭異作品。會出現很多村上風格的關鍵字，如「在薏仁田裡捕捉到的是鍬形蟲等級」、「薄煎餅甚至續了第三盤」等。

文藝春秋，2007年

村上的地方（暫譯）

Haruki Murakami to be an Online Agony Uncle／村上さんのところ (Q)

在期間限定網站「村上的地方」上持續回答讀者的問題三個半月，並從這3500則以上的回答中，由村上本人選擇出名回答，並由 FUJIMOTO MASARU 繪製漫畫插畫的書籍。裡面滿滿都是村上珍貴的真心話，如「我曾猶豫要不要寫《1Q84》(P.043) 的續篇 Book4」等。也有完整收錄「所有回答」的電子書完全版。

新潮社，2015年

村上主義者

Murakamism／村上主義者

在《村上的地方（暫譯）》(P.161，村上さんのところ）中，對於通稱村上春樹粉絲的「Harukist」(P.129) 相關問題，村上所提出的新暱稱。「如果說到『因為他是主義者』的話，就好似戰前共產黨員那樣，很帥」、「像在手腕上刺了羊的刺青，說出『我是村上主義者，還是別亂說些什麼比較好哦』之類的」——他熱情地希望讀者這麼做。順帶一提，在法國，Harukist 又被稱為「Murakamian」。

村上 Songs（暫譯）

Murakami Songs／村上ソングズ (散)

村上翻譯了最喜歡的流行曲子如爵士樂、標準樂與搖滾樂等，並搭配和田誠(P.183) 的插畫一同介紹，為散文集。書中介紹了圍繞著村上作品中熟悉關鍵字的音樂如《Loneliness Is a Well（孤獨的井）》、《On a Slow Boat to China（開往中國的慢船）》、《Mr. Sheep（羊先生）》等，得以享受。

中央公論新社
2007年

村上春樹去見河合隼雄

村上春樹、河合隼雄に会いにいく ㊟

河合隼雄（P.061）與村上的對談集。由在京都花兩晚進行的「第一夜 人能在『故事』中獲得某種治療嗎？」與「第二夜 挖掘潛意識的『身』與『心』」所組成。有許多深奧有趣的話題，如寫小說就是「自我治療的行為」、從 Detachment 到 Commitment（P.073）的變化、結婚就是「挖井」，還聊到了箱庭療法與源氏物語等。

岩波書店，1996年

村上春樹雜文集

Haruki Murakami Written Notes ／
村上春樹 雑文集 ㊕

從村上春樹未收錄、未發表的文章到散文、招呼、評論、超短篇小說、結婚典禮的賀電等整理齊全，為相當珍貴的紀錄。出道作品《聽風的歌》（P.058）的群像新人文學獎（P.068）受獎感言、《海邊的卡夫卡》（P.048）的中文版序文「柔軟的靈魂」等，可以接觸到許多村上不為人知的文章。

新潮社，2011年

村上春樹與插畫家

村上春樹とイラストレーター

2016 年於東京知弘美術館舉辦的展覽會標題。展示了佐佐木 Maki（P.078）、大橋步（P.051）、和田誠（P.183）、安西水丸（P.042）等人為村上作品裝幀畫與插畫所繪製的畫作。由村上所有，佐佐木 Maki 繪製的《聽風的歌》（P.058）、《1973 年的彈珠玩具》（P.097）、《尋羊冒險記》（P.134）初期三部曲的封面圖，過去也曾展示在爵士咖啡廳「彼得貓」（P.133）中，於這次的展覽會上首度公開。

村上春樹 hybrid（暫譯）

村上春樹ハイブ・リット ㊟

由柴田元幸（P.085）綜合編修，村上春樹編譯，用文學來學習英文的 CD 書。選出提姆・奧布萊恩（P.112）作品《士兵的重擔》（P.149）中的短篇《On the Rainy River ／在多雨的河上》，瑞蒙・卡佛（P.177）《A Small, Good Thing ／一件有益的小事》（P.079）中的同名短篇，以及《迴轉木馬的終端》（P.056）中的短篇《Lederhosen ／雷德厚森》（P.179）共三篇，收錄了原文、日文翻譯與英文朗讀。

ALC，2008年

村上春樹（大部分）翻譯全工作（暫譯）

村上春樹 翻訳（ほとんど）全仕事 ㊕

傳達譯者村上春樹全貌的一本書。自 1981 年的《我失落的城市》（P.154）之後，村上在 36 年來翻譯了 70 本以上的小說、詩、非虛構式文學、繪本等。本書介紹了其（大部分）翻譯的全工作，也同時收錄了〈對談　村上春樹 × 柴田元幸 在談論翻譯時，我們談論些什麼〉（暫譯，談 村上春樹 × 柴田元幸　翻 について語るときに僕たちの語ること）。

中央公論新社
2017年

村上收音機

Murakami Radio／村上ラヂオ (散)

統整雜誌《an・an》連載的散文集。封面插畫的銅版畫由大橋步（P.051）繪製。葡萄酒、義大利麵、甜甜圈、鰻魚、貓等，充滿村上風格題材的寶庫。尤其是「你知道甜甜圈的洞到底是誰在何時發明的嗎」，讓人想一閱究竟。同系列還有《村上收音機2：大蕪菁、難挑的酪梨》（P.051）、《村上收音機3：喜歡吃沙拉的獅子》（P.080）。值得注目的是，在〈柳樹啊為我哭泣吧〉的章節中，就有談到「想要將柳擬人化的生命力」。柳樹在短篇〈木野〉（P.064）與《沒有色彩的多崎作和他的巡禮之年》（P.084）的名古屋一景中皆有登場，散發出讓人不寒而慄的存在感。

MAGAZINE HOUSE
2001年

村上龍

Ryu Murakami／村上龍 (人)

因《接近無限透明的藍》榮獲群像新人文學獎（P.068）以及芥川龍之介賞而出道的小說家。幾乎與村上同時期出道，當時與村上並稱為「W村上」。1981年出版對談集《走，不要跑（暫譯）》（P.046，Walk, Don't Run）。兩人都喜歡貓，村上也曾飼養龍轉讓給他的貓。

め

盲柳，與睡覺的女人

Blind Willow, Sleeping Woman／
めくらやなぎと眠る女 (集)

由美國的Kunopuffu社編輯、出版的村上自選短篇集日文版。收錄了24篇傑作，有〈盲柳，與睡覺的女人〉（P.163）、〈生日故事集〉（P.127）、〈紐約煤礦的悲劇〉（P.122）、〈飛機——或者他怎麼像在念詩般自言自語呢〉（P.132）、〈鏡〉（P.056）、〈我等的民俗學——高度資本主義前歷〉（P.183）、〈獵刀〉（P.131）、〈看袋鼠的好日子〉（P.062）、〈鵰鶘〉（P.056）、〈吃人的貓（暫譯）〉（P.135，人喰い猫）、〈貧窮叔母的故事〉（P.137）、〈嘔吐1979〉（P.050）、〈第七個男人〉（P.121）、〈義大利麵之年〉（P.096）、〈東尼瀧谷〉（P.116）、〈唐古利燒餅的盛衰〉（P.117）、〈冰男〉（P.071）、〈蟹（暫譯）〉（P.059，蟹）、〈螢火蟲〉（P.146）、〈偶然的旅人〉（P.065）、〈哈那雷灣〉（P.128）、〈不管是哪裡，只要能找到那個的地方〉（P.115）、〈日日移動的腎形石〉（P.135）、〈品川猴〉（P.085）。

新潮社，2009年

盲柳，與睡覺的女人

Blind Willow, Sleeping Woman／
めくらやなぎと眠る女 (短)

為了治療耳朵，與堂弟搭巴士去醫院的「我」的奇妙故事。長篇版本收錄在《螢・燒穀倉・其他短篇》（P.147）中，短篇版本則收錄在《萊辛頓的幽靈》（P.178）與在美國編輯的短篇集《盲柳，與睡覺的女人》（P.163）。

隱喻

metaphor／メタファー

村上的比喻表現受到小說家瑞蒙・卡佛（P.177）的強烈影響。其中，最有特色的就是 metaphor（隱喻）。在作品之中，如《海邊的卡夫卡》（P.048）中大島先生（P.051）引用了哥德的話:「世界的萬物都是隱喻」，還說了「不過，對我而言和對你而言，只有這家圖書館什麼隱喻都不是。這家圖書館無論去到哪裡——都是這家圖書館」這句台詞。在《刺殺騎士團長》（P.063）的第二部《隱喻遷移篇》中，從繪畫中顯現出來的人物「長臉的」就自稱自己是隱喻。接著，他帶領「我」前往有著危險生物「雙重隱喻」棲息的「隱喻通路」。

梅賽德斯 - 賓士

Mercedes-Benz／メルセデス　ベンツ

作為成功者或謎樣登場人物的車子出現，為象徵性存在。在《國境之南・太陽之西》（P.072）中，主角阿始的義父——也就是社長，以及在女兒幼稚園邂逅的有錢母親即搭乘此車。在短篇〈泰國〉（P.106）中登場的優秀謎樣導遊兼司機的尼米特，就有一台車體上完全沒有污漬，磨得像寶石般美麗的深藍色賓士。

免色涉

Wataru Menshiki／免色涉 ㊅

《刺殺騎士團長》（P.063）中登場的54歲單身男性。約三年前開始住在主角「我」的畫室對面的豪宅，委託「我」繪製他的肖像畫。曾因為內線交易與逃漏稅的嫌疑被檢察官逮捕。懷疑秋川真理惠（P.036）是不是自己的女兒。

如果我們的語言是威士忌

If Our Language is Whisky／
もし僕らのことばがウィスキーであったなら ㊗

記述造訪威士忌（P.046）故鄉的旅程，以及附有陽子夫人照片的旅行散文集。村上去了蘇格蘭的艾雷島，參觀伯摩與拉芙伊格的蒸餾所並喝喝看比較，闡述「就像聽舒伯特（P.087）的長篇室內樂時那樣，閉上眼睛放慢呼吸細細品嘗，味道的底韻才能更深入一層又一層」。在本篇之後，也出了很多標題詼諧模仿「如果……是」的作品。

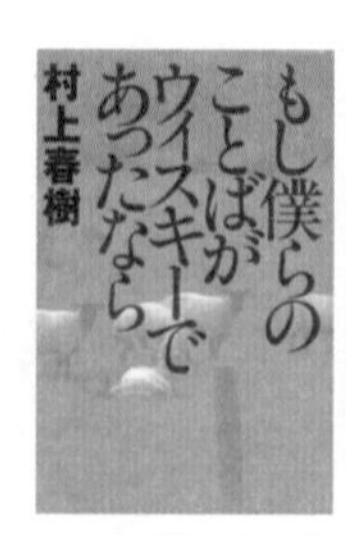

平凡社，1999年

莫札特

Wolfgang Amadeus Mozart ／モーツァルト Ⓐ

奧地利出身的18世紀天才作曲家。《刺殺騎士團長》（P.063）是以莫札特的歌劇《唐・喬凡尼》為題材。在《人造衛星情人》（P.096中），莫札特的歌曲《紫羅蘭（堇）》是其登場人物名字的由來，在《發條鳥年代記》（P.124）中，則出現了這句台詞:「嘿，那豈不是像莫札特的『魔笛』一樣嗎？」。

故事

story ／物語

「所謂小說家，根據最基本的定義，是指說故事的人」。村上將身為作家的自己，比喻成人類住在洞窟時代那「在薪火旁說故事」的其中一人末代。村上在《村上春樹雜文集》（P.162）的〈故事的良性循環中〉說道:「裡頭（故事）有謎、有恐怖、有喜悅。有隱喻的通路（P.164）、象徵的窗戶、寓意的隱藏櫥櫃。我透過小說想描寫的，正是那樣活生生的，擁有無限可能性的世界的模樣」。此外，他也在《這點問題，先和村上先生說一下吧（暫譯）》（P.073，これだけは、村上さんに言っておこう）中，建議「請大家多閱讀好的故事（中略）。好的故事，可以培養分辨錯誤故事的能力」。

森林彼方（暫譯）

森の向う側

將短篇小說〈泥土中她的小狗〉（P.111）翻拍成電影的作品。描述為了尋找在說了「我要去找森林」後就消失匿跡的友人，前往海邊的度假村旅館，並在那裡偶然邂逅的男女心靈交流的故事。

村上春樹圖書館（或是作為精神安定劑的書架）

村上春樹的研究書與解說書究竟有多少本呢？從1980年代開始陸續出版，若包含雜誌與雜誌Mook等，那數量可超過100本了。評論與文學研究、關於一本作品的徹底解說本、給初學者看的介紹大綱入門書、以料理或音樂等為主題深入解讀的解說書、巡禮作品舞台之地的旅遊書等等，種類繁多。我們試著整理出其中特別耐人尋味的內容。比較稀有的，有美國出版社 Vintage Books 出版的記事本，是以村上作品為主題的。

1｜靠初期關鍵字來解讀的研究書

《Happy Jack鼠之心——村上春樹研究讀本》（暫譯，Happy Jack 鼠の心——村上春樹の研究読本）高橋丁未子／編，北宋社，1984年。透過評論、座談會、BGM辭典、「我」與「老鼠」的年表等，考察到《尋羊冒險記》為止的初期三部作品。

《羊的餐廳——村上春樹的餐桌》（暫譯，羊のレストラン——村上春樹の食卓）高橋丁未子／著，CBS Sony出版，1986年。從料理、酒等出現於作品裡的餐桌食物，檢驗隱藏於村上文學中的訊息，為評論及散文。

《大象回歸平原之日 用關鍵字解讀村上春樹》（暫譯，象が平原に還った日 キーワードで む村上春樹）KUWA正人、久居椿／著，新潮社，1991年。用獨特的視角來分析「風的歌」、「羊」、「哈德費爾」等故事的關鍵字。

2｜徹底解說村上春樹

《村上春樹黃色頁面》（暫譯，村上春樹イエローページ）加藤典洋／編，荒地出版社，1996年。由31人共同作業，製作作品的詳細年表、圖表與統計，分析小說旨趣的研究書。

《當心村上春樹》內田樹／著，Artes Publishing，2007年。出自撰寫諾貝爾得獎祝賀預定稿12年的思想家內田樹，為劃時代的村上春樹論。

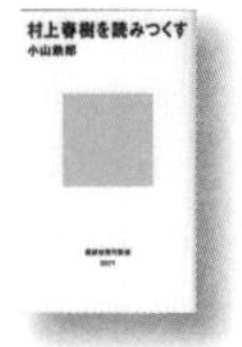

《徹底閱讀村上春樹》（暫譯，村上春樹を　みつくす）小山鐵郎／著，講談社現代新書，2010年。身為文藝記者的作者用嶄新的切入點，徹底解說羊男、甜甜圈、井等大家熟悉的關鍵字。

《村上春樹與我》（暫譯，村上春樹と私）傑・魯賓／著，東洋經濟新報社，2016年。此為將村上作品介紹到美國的譯者——魯賓闡述村上春樹與翻譯的散文。

3｜以各主題深掘

料理

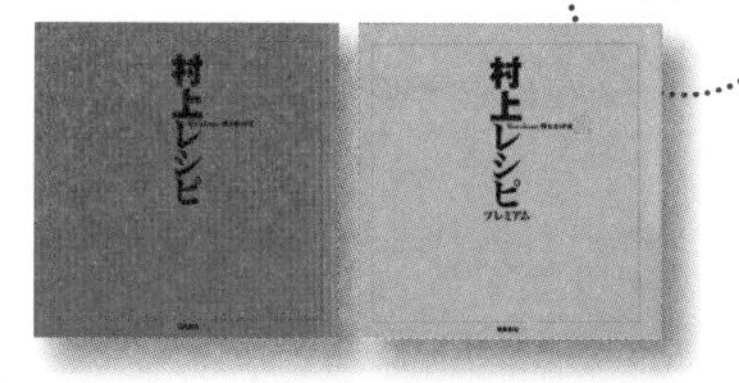

《村上 RECIPE》、《村上 RECIPE 進階》（暫譯，村上レシピ プレミアム）村上春樹廚房閱讀同好會／著，飛鳥新社，2001 年。實際重現村上作品與散文中登場的美味料理，並介紹食譜。

音樂

《聆聽村上春樹。村上世界的旋律》（暫譯，「村上春樹」を く。ムラカミワールドの旋律）小西慶太／著，CCC Media House，2007 年。解說包含長篇、短篇等村上春樹作品中出現的所有曲子與藝術家。附 CD 。

貓

《村上春樹與貓的故事》（暫譯，村上春樹とネコの話）鈴村和成／著，彩流社，2004 年。用「貓與作家」、「貓與文學」的年表交織，從貓的文脈解說村上作品的一本書。

比喻

《村上春樹 能解讀的比喻事典》（暫譯，村上春樹 読める比喩事典）芳川泰久、西脇雅 ／著，MINERVA 書房，2013 年。從有特色的比喻表現來解說作品魅力。以電影、交通工具、動物等各個主題來整合比喻，相當有趣。

散步

《用散步感受村上春樹》（暫譯，さんぽで感じる村上春樹）中村邦夫／道前宏子／著，鑽石社，2014 年。從北海道到神戶，為走訪村上作品舞台並感受的徹底解說書。

短篇

《用短篇讀解村上春樹》（暫譯，短篇で読み解く村上春樹）讀解村上春樹會／編，Magazine Land，2017 年。介紹了所有傳達村上春樹短篇魅力的短篇故事。或許可以解開隱藏在長篇中的謎。

4｜海外的研究書

【美國】
《村上日記2009》（暫譯，Murakami Diary 2009）Vintage Books，2009 年。充滿著想像村上文學的圖像、作品名言的記事本。

【波蘭】
喜愛村上文學的波蘭作者，巡禮與作品有關之處的東京旅遊書。

【泰國】
用泰文描寫村上春樹的入門書。在書末還一併介紹了各國翻譯本的全作品書單。

【台灣】
用中文撰寫的照片散文，巡禮了作品中的舞台。有《東京・村上春樹・旅》、《希臘・村上春樹・貓》兩本。

終於悲哀的外國語
やがて哀しき外国語 ㊝

村上在美國普林斯頓大學（P.143）擔任客座研究員時待了約兩年的時間，此為整理這兩年來大小事的散文集。有史蒂芬・金風格的美國郊外奇妙事件，以及美日服裝差異、在「香蕉共和國」買衣服等，收錄了滿滿的日常生活小故事。

講談社，1994年

棒球場
野球場 ㊥

用聽寫小說的方式，描寫住在棒球場旁邊公寓的青年，每天都會用相機的望遠鏡頭窺看喜歡女子的房間的故事，為短篇集。作品中的青年送給敘述者「我」的小說，後來以短篇故事〈蟹（暫譯）〉（P.059，蟹），發表於在美國出版的短篇集《盲柳，與睡覺的女人》（P.163）中。收錄於《迴轉木馬的終端》（P.056）。

約束的場所：地下鐵事件 II
At the Promised Land Underground 2 ／
約束された場所で underground2 ㊮

訪問引發地下鐵沙林事件的八名奧林姆真理教信徒，為非虛構式文學《地下鐵事件》（P.142）的第二部。開頭引用了馬克・斯特蘭德（P.154）的詩：「這是我睡著的時候／人家承諾給我的地方／可是當我醒來時卻又被剝奪了／這是誰也不知道的地方」，而書名「約束的場所」就是引用於此。

文藝春秋，1998年

黑鬼

INKlings／やみくろ

登場於《世界末日與冷酷異境》（P.097）中，意指棲息於東京地底下黑暗之處的謎樣生物。有知識和自己的信仰，但地面上的人們誰也不知道其存在。控制著地下鐵的鐵道。

真要命

Just great/Oh, brother／やれやれ

村上作品中那些有些心涼的主角們時常會脫口說出這句台詞。用來表現這個世界的不合理與放棄時的魔法之詞。自從《1973年的彈珠玩具》（P.097）中首度出現「真要命」以來，到《刺殺騎士團長》（P.063）為止，總共寫了許多「真要命」。在英文中會翻譯成「Just great」或「Oh, brother」。

雪

Yuki／ユキ ㊜

登場於《舞・舞・舞》（P.109）中的重要人物。主角「我」在札幌的海豚飯店遇見的13歲美少女。「我」將被自由奔放的母親丟下的雪送回東京，兩人因而變得親密起來。父親為小說家牧村拓（P.154）。突然從天真的青春小說作家變成實驗性的前衛作家，是個讓人聯想到村上本人的設定。

柚子

Yuzu／柚 ㊜

《刺殺騎士團長》（P.063）中主角那已離婚的妻子，暱稱為Yuzu。在《沒有色彩的多崎作和他的巡禮之年》（P.084）之中，白妞（P.090）的本名為白根柚木，暱稱也是「Yuzu」，不過是不同的人。

UFO降落在釧路

U.F.O in Kushiro／UFOが釧路に降りる ㊡

在電視上看了阪神大震災新聞的妻子消失了。主角請了休假，前往釧路，聽聞「看見UFO的妻子丟下兩個孩子後離開了」的故事。村上在《蘭格漢斯島的午後》（P.174）中收錄的散文〈關於UFO的省思〉中，曾闡述「日前有個女孩對我說過類似『春樹先生連UFO都沒有看過，這樣不行噢』這種意思的話。被人家這麼一說，我的確也覺得說不定真是這個樣子。要繼續當個小說家，或許至少得看過一次UFO才行也不一定。若是之前看過一些UFO或是幽靈之類的東西，似乎就會鍍上一層藝術家的金外衣」。收錄於《神的孩子都在跳舞》（P.060）。

Yumiyoshi 小姐

Ms.Yumiyoshi ／ユミヨシさん (登)

登場於《舞・舞・舞》（P.109）中，在海豚飯店櫃台工作，一名「如同旅館精靈」一般的女性。眼鏡女子，23 歲，老家在旭川（P.037）附近經營旅館。

夢中見

Let's Meet in a Dream ／夢で会いましょう (集)

與糸井重里（P.045）搭檔，以片假名外來語為主題所寫的極短篇集。收錄了村上實際擁有彈珠機台的故事〈彈珠台〉等98 篇。〈麵包屋再襲擊〉以〈麵包〉之篇名刊載於本書。還有村上所寫的〈糸井重里〉、糸井所寫的〈村上春樹〉等。

冬樹社，1981年

為了作夢，我每天早上都要醒來 村上春樹訪談集 1997-2009（暫譯）

夢を見るために毎朝僕は目覚めるのです　村上春樹インタビュー集1997～2009 (散)

村上珍貴的訪談集。從故事誕生的原委到與執筆有關的小故事等，都詳細闡述。「所謂寫作，就正好像一面醒著一面作夢一般」、「要怎麼寫短篇小說才好呢」、「在跑步時我所在的場所，就是穩當的場所」、「村上春樹，或者要如何從不可思議的井（P.044）裡逃出來呢」等等，可以讀到許多回應海外取材的重要發言。

文藝春秋，2010年

榮格

Carl Gustav Jung ／ユング (人)

瑞士的精神科醫生與心理學家。村上和榮格派心理學者河合隼雄（P.061）也很親近，造詣很深。在《1Q84》（P.043）中，先驅（P.078）的領導人曾引用了榮格所說的話——「影子，就像我們人類往正面向前走的存在一樣，是往橫向邪惡走的存在」，再者，在 Tamaru（P.108）犯下殺人罪之前，他也引用了榮格為了思考而自己將石頭堆起來建造成「塔」，並於塔上入口所刻的話——「無論冷，或不冷，神都在這裡」。

無預警的電話

unexpected phone ／予期せぬ電話

在《發條鳥年代記》（P.124）的開頭，主角一面聽著羅西尼的《賊鵲》一面煮義大利麵時，不知名的女子打了電話來。在短篇〈沒有女人的男人們〉（P.053）中，有寫到過了半夜一點後電話響起，原來是過去戀人的丈夫告知死訊。在《舞・舞・舞》（P.109）中，則有句隱喻為（P.136）「像斷了線的電話機一般完全沉默」，表示「電話」是溝通的象徵。

四谷

Yotsuya／四谷 ㊞

在《挪威的森林》（P.125）中，有一幕是「我」與直子（P.120）在中央線的車內偶然重逢後，於四谷站下車，沿著鐵路旁往市谷走去，再從飯田橋到神保町、御茶水、本鄉，接著是駒込，一直散步到太陽下山。

約翰・塞巴斯蒂安・巴哈

Johann Sebastian Bach／
ヨハン・セバスチャン・バッハ ㊀

18世紀活躍於德國的巴洛克音樂巨人。建立了西洋音樂的基礎，被稱為「音樂之父」。《1Q84》（P.043）中曾出現巴哈的《平均律鍵盤曲集》（P.144），對作品的結構帶來偌大影響。此外，也有出現深繪里（P.141）背誦《馬太受難曲》的場景。順帶一提，村上在《村上春樹雜文集》（P.162）中曾寫到，在他手寫原稿的時期，為了調整身體的平衡，不要讓右手使用得太過，會用鋼琴彈可以讓雙手平等運動的巴哈的《二聲部創意曲》。

鮭魚在夜裡游動‥‥（暫譯）

At Night the Salmon Move／
夜になると鮭は‥‥ ㊫

收錄瑞蒙・卡佛（P.177）短篇、散文及詩的作品集。「到了夜晚／鮭魚就會離開河川來到街上／雖有注意不要接近／ Foster冷凍、A & W等斯麥利的餐廳／但由於來到了Light Avenue住宅區一帶／有時候會聽到他們在黎明之前／轉動門的把手／以及撞擊電視纜線的聲音」，這首奇妙的詩相當優秀。

中央公論社，1985年

當我談「真要命」時，我談些什麼

「真要命（やれやれ）」這句嘆息時的囁語並非以「夢」與「希望」的對極形式，而是以其中一部分存在著。在村上的作品中，主角「我」與女朋友們在放鬆時、失望時常常會脫口說出「真要命」這句話。然而，表達諷刺與灰心喪志的這個感嘆詞卻不會用在真正絕望之際，而是從略為超乎想像的視角瞭望世界的時候。

「真要命」，也是個可以產生某種旋律的魔法詞彙。從歷史上來看，夏目漱石等人也很常使用，不過（我認為）帶給人最大影響的，不就是史努比的「真要命」嗎？查爾斯・蒙羅・舒茲的漫畫《花生》，其主角史努比在嘆氣時所說的「Good grief」，谷川俊太郎先生所翻成的日文即是「真要命（やれやれ）」。事實上，在村上春樹開始大量使用「真要命」的紀念性作品——《尋羊冒險記》中，就有這麼一小節:「我穿一件史奴比抱著衝浪板圖案的 T 恤，洗得快變雪白的舊 Levis 牛仔褲和滿是泥巴的網球鞋」。「真要命」與「史努比」可謂配套的存在。順帶一提，阿弗瑞・伯恩邦翻譯的英文版《A Wild Sheep Chase（尋羊冒險記）》中，就把「真要命」翻成了「Just great」。「『我的天哪。』我說。我的天哪這句話似乎逐漸變成我的口頭禪了」——這篇象徵性的文章，他翻譯成 " 'Just great,' said I. This 'just great' business was becoming a habit."。以前，曾有人問過與村上相當親近的譯者傑・魯賓先生會怎麼將「真要命」翻成英文，而對方似乎回答說在《Norwegian Wood（挪威的森林）》之中，「真要命」會根據前後的情境而產生各種說法，如「Oh, brother」、「Damn」、「Oh, great」、「Oh, no」、「Oh, man」等等。

那麼，「真要命」到底是從何時開始才大量出現在村上的作品當中呢？事實上，「真要命出道」可不是在他的處女作《聽風的歌》之中，而是《1973 年的彈珠玩具》。來到傑氏

column 09 "Just great"

酒吧的彈珠玩具公司收款人兼修理人擺出了「真要命」的表情，是村上作品中第一個出現的「真要命」。在那之後，短篇〈開往中國的慢船〉中「我」讓女子搭上了反方向的山手線，想著「真要命」，(我想)這是作為「我」的台詞，首度出現了「真要命」。然而，「真要命」成為像口頭禪一般大量出現，怎麼說都還是《尋羊冒險記》。喝個爛醉後回到公寓的主角「我」碎嘴著(亦或是嘆息):「真要命，門打開1/3左右，身體從這兒滑進去，關上門。玄關靜悄悄的。比必要的靜還要靜」。再者，「我」在買了名為《北海道之山》的書之後，了解到要找羊會很辛苦時也脫口說出了「真要命」。耳朵很漂亮的女朋友也和我一起嘆了口氣說「真要命」，一面尋找羊，一面持續說著「真要命」。

《世界末日與冷酷異境》的「我」，也很常用「真要命」。負責管理圖書館書目的女子也會一起說「真要命」。在聽聞世界即將終結為止，「我」不斷說出「真要命」。可以說從此時開始，「村上作品＝真要命」的印象就變得強烈了起來。在《挪威的森林》之中的開場場面，坐在波音747飛機上的主角渡邊君曾說了「要命，我又來到德國了啊」，「真要命」已經普及到成為村上文學的代名詞。在那之後，「真要命」也大量出現在《舞・舞・舞》、《發條鳥年代記》、《1Q84》中。順帶一提，對於喜歡「真要命」的人，我推薦看短篇〈家務事〉。這是一部一面聽著胡利奧・伊格萊西亞斯的唱片，一面說著「真要命」，讓你有「滿滿真要命」的作品。

只要像這樣深切去思考「真要命」，就會發現這其實有著重要的意義。就好比年輕人會在文末說出「我才不做呢」、「這怎麼可能」來讓文脈有個段落一般，這個「真要命」也會藉由放置在這樣的位置，產生「噹噹」這種效果音的作用。耐人尋味的是，在散文中，「真要命」也到處出現。《關於跑步，我說的其實是……》之中，村上花了3小時51分鐘跑完有生以來的第一場全程馬拉松時，曾說過「真要命，可以不用再跑了」。在《邊境・近境》之中，食物中毒時，他也回憶說「完了完了，居然在這樣無聊的墨西哥飯店的，無聊的床上，為了吃一個炸蝦，或通心粉沙拉而死實在不甘心」。

原來，所謂的「真要命」，其實是村上本身的口頭禪，也是「心中的吶喊」。果然，要說「真要命」是「村上春樹的 raison d'etre(存在證明)」或許也沒什麼問題呢。

(註:關於やれやれ這個詞，中譯版大多會翻成「真要命」，但根據情境不同，有時也會翻成「我的天哪」、「完了」等等)

麥田捕手
The Catcher in the Rye ／ライ麦畑でつかまえて

J.D. 沙林傑（P.083）的知名長篇小說。後來村上以《キャッチャー・イン・ザ・ライ（麥田捕手）》（P.064）之名重新翻譯，造成話題。從高中退學的16歲少年胡登沒有回家，在紐約街頭遊蕩三天的故事。在《挪威的森林》（P.125）之中，玲子姊（P.177）和「我」初次見面時曾如是說到：「你說話的方式真是奇怪呦。不是在學那個《麥田捕手》吧？」。

白水社，1985年

你說，寮國到底有什麼？
What Exactly is It in Laos? ／ラオスにいったい何があるというんですか？㊂

書名來自於本書中一名越南人所說的話。闡述在什麼都沒有的地方，也能夠來場有趣旅行的遊記。再訪撰寫《挪威的森林》（P.125）之地希臘（P.065），於義大利的托斯卡尼地區盡情喝葡萄酒。他曾說過拜訪了芬蘭（P.140）的西貝流士與郭利斯馬基（P.036），至於《沒有色彩的多崎作和他的巡禮之年》（P.084）的海門林納街景描寫完全是靠想像的。

文藝春秋，2015年

拉薩貝爾曼
Lazar Berman ／ラザール・ベルマン㊅

生於聖彼得堡的俄羅斯鋼琴家。4歲時舉辦第一場演奏會，7歲進行首度錄製唱片的天才。《沒有色彩的多崎作和他的巡禮之年》（P.084）中就有出現貝爾曼彈奏的李斯特鋼琴曲《巡禮之年》，受到矚目。

蘭格漢斯島的午後
Afternoon in the Inlets of Langerhans ／ランゲルハンス島の午後㊔

為散文集，安西水丸（P.042）那色彩繽紛的插畫非常和襯。所謂的蘭格漢斯島，意指胰臟內部中形狀很像小島的細胞群。穿上白色T恤瞬間就會感到有些幸福的「小確幸」（P.088）、忘記帶學校課本就回家的路上，被春天氣息所誘惑而觸及自己臟器一部分的蘭格漢斯島岸邊等等，有許多輕鬆溫和的小故事。

光文社，1986年

蘭吉雅 Delta
Lancia Delta ／ランチア・デルタ

義大利汽車廠商「蘭吉雅」的車種。由喬蓋托・喬治亞羅所設計。村上於1986年在歐洲拿到駕照後，第一台買的車就是「蘭吉雅 Delta1600GTie」。在《遠方的鼓聲》（P.114）中，就有詳細描寫車子在旅行途中引擎故障的故事等。

旋律

rhythm／リズム

村上曾說過「寫文章就像在演奏音樂」。在《村上春樹雜文集》(P.162) 中，他曾闡述「無論音樂或小說，最基礎的東西就是節奏。文章如果沒有自然而舒服，而且確實的節奏的話，人們可能無法繼續讀下去。節奏這東西我是從音樂（主要是從爵士樂）學來的」。

理查・布羅提根

Richard Brautigan／
リチャード・ブローティガン㊅

因《在美國釣鱒魚》而一躍成為垮掉的一代之代表作家，累積相當高人氣的美國作家。村上作品的初期文體就受到布羅提根和寇特・馮內果（P.059）的強烈影響。村上或許是想要向《在美國釣鱒魚》中登場的貓咪名字「二〇八」以及「二〇八號室」致敬，才會寫出《1973年的彈珠玩具》(P.097) 的雙胞胎女子（208、209）(P.142) 以及《發條鳥年代記》(P.124)

中主角進入的異世界旅館房號「208號室」。

小妹

The Little Sister／リトル・シスター ㊞

1949年發行，為美國作家雷蒙・錢德勒（P.177）的推理小說。以私家偵探菲利普・馬羅為主角的長篇系列第五作。1959年翻譯時的書名為《かわいい女（可愛的女人）》，2010年由村上春樹重新翻譯後則改為《リトル・シスター（小妹）》。

早川書房，2010年

小小人

Little People／リトル・ピープル ㊜

登場於《1Q84》（P.043）中的謎樣存在。如同集合性無意識般的象徵，透過〈聽聲音的人〉來向世界運作。從不存在著善惡的太古時代開始，就與人類並存。在作品中的小說《空氣蛹》（P.065）裡，就有描寫到從山羊口中出現的60公分左右小小人，會用「啊哈——」這種狀聲詞。

料理

cuisine／料理

村上作品裡有很多料理的場景，主角們會仔細地做出精巧複雜的料理。村上自己本身也很喜歡料理，在爵士咖啡廳「彼得貓」（P.133）的時代，他就很擅長做三明治、高麗菜捲、馬鈴薯沙拉等。在《尋羊冒險記》（P.134）中，主角曾在老鼠（P.124）父親的別墅裡製作「鱈魚子奶油義大利麵」，在《世界末日與冷酷異境》（P.097）裡則是於圖書館女孩的廚房裡製作「新鮮番茄醬煮香腸伴沙拉和法式麵包」等，有很多讓人想要模仿看看的名料理。

路易斯・卡羅

Lewis Carroll／ルイス・キャロル ㊇

因《愛麗絲夢遊仙境》（P.141）而廣為人知的英國數學家兼作家。在《1973年的彈珠玩具》（P.097）中，曾有句台詞為「簡直像出現在『愛麗絲夢遊仙境』裏的歙縣貓似的，在她消失之後，那笑容依然還殘留著」，在《舞・舞・舞》（P.109）中，有一小節描寫被雨和雪（P.109）邀請是否能三人一同用餐的「我」曾想著「『愛麗絲夢遊仙境』裡出現的瘋狂帽子店的茶會還比較好」。

雷諾汽車

Renault S.A.／ルノー

法國的汽車廠牌。短篇〈東尼瀧谷〉（P.116）的主角東尼瀧谷之妻所坐的車，就是藍色的「雷諾5」。登場於經由246號線，從青山常去的精

品店回家一景。在翻拍成電影的《東尼瀧谷》中，飾演妻子的宮澤理惠有一幕在清洗雷諾5。

鄉愁
Le Mal du pays／ル・マル・デュ・ペイ

《沒有色彩的多崎作和他的巡禮之年》（P.084）中可稱之為BGM的李斯特・費倫茨（P.143）曲子。白妞（P.090）時常彈奏《巡禮之年》第一年「瑞士」之中的第八曲。Le Mal du pays為鄉愁、相思病的法文，在本作中以「田園風景喚起人們心中沒來由的哀戚」之翻譯表現。

れ

玲子姊
Ms.Reiko／レイコさん ㊜

《挪威的森林》（P.125）中的38歲女性，本名為石田玲子。在療養設施阿美寮（P.039）中與直子（P.120）同寢。會教患者們彈鋼琴。她用吉他自彈自唱披頭四（P.135）的《挪威的森林》一景相當有名。

瑞蒙・卡佛
Raymond Clevie Carver Jr.／
レイモンド・カーヴァー ㊅

知名的短篇小說與極簡主義作家，被稱為「美國的契訶夫」。家境並不富裕，晚上工作，並在大學向小說家約翰・加德納學習文章的寫作方法。1976年，因短篇小說集《能不能請你安靜點？》（P.107）出道。1988年過世，50歲。村上著手翻譯了大部分卡佛的作品，如《我打電話的地方》（P.146）。

瑞蒙・卡佛精選集（暫譯）
Carver's Dozen／
レイモンド・カーヴァー傑作選 ㊕

正如同村上在後記時寫到「可以的話，我想要完成『只要有這一本，就能夠一覽瑞蒙・卡佛的世界』的作品（中略）。或許這也可以說是『初學者用』吧」，本書收錄了卡佛的代表性短篇。還附有淺顯易讀的「瑞蒙・卡佛年表」，值得學習。

中央公論新社
1997年

雷蒙・錢德勒
Raymond Chandler／レイモンド・チャンドラー ㊅

因作品《大眠》（P.051）、《再見，吾愛》（P.079）、《漫長的告別》（P.180）等而廣為人知的美國小說家、劇作家。44歲時因經濟大恐慌失業，開始寫推理小說。在《村上朝日堂嗨嗬！》（P.161）中，村上曾說過他正在實踐錢德勒寫小說的祕訣——

「就算一行也寫不出來，總之在那張書桌前面，安靜度過兩小時」，並將該寫作方法命名為「錢德勒方式」。

萊奧什・楊納傑克

Leos Janacek ／レオシュ・ヤナーチェク (人)

捷克斯洛伐克的作曲家。在《1Q84》（P.043）的開頭，青豆（P.035）搭乘的計程車上，收音機播放著其最晚年的管弦樂作品《小交響曲》，可謂象徵本書的主題曲。長期處於奧地利帝國統治下的祖國以捷克斯洛伐克的身分獨立後，他因為愛國心而創作此作品，被軍隊吹捧。和為了自己與天吾（P.113）那嶄新王國而奮戰的青豆身影總有種重疊的感覺。

萊辛頓的幽靈

Ghoast of Lexington ／レキシントンの幽霊 (集)

書腰文宣「是不會醒來的夢，還是醒來之後才是夢」讓人印象深刻，為既享受又恐怖的短篇小說集。收錄作品有〈萊辛頓的幽靈〉（P.178）、〈綠色的獸〉（P.158）、〈沉默〉（P.111）、〈冰男〉（P.071）、〈東尼瀧谷〉（P.116）、〈第七個男人〉（P.121）、〈盲柳，與睡覺的女人〉（P.163）等許多知名作品。

文藝春秋，1996年

萊辛頓的幽靈

Ghoast of Lexington ／レキシントンの幽霊 (短)

開頭寫著「這是真實故事」，恰好用真實風格撰寫的奇妙短篇。小說家「我」被委託到波士頓郊外的一間萊辛頓古老宅邸留守。深夜，我醒來後，發現有人在底下。沒想到幽靈竟然在開派對。這是真實故事？還是虛構故事？讓人留下不可思議後勁的作品。

凌志

Lexus ／レクサス

豐田的高級品牌。《沒有色彩的多崎作和他的巡禮之年》（P.084）的登場人物藍仔（P.035）是在名古屋經銷商工作的業務。在主角多崎作（P.107）問他「LEXUS 到底是什麼意思？」後，藍仔回答:「完全沒有意思。只是單純的造字啊。據說是紐約的廣告公司被 TOYOTA 所委託而命名的。感覺相當高級，彷彿有某種意義，聲音又響亮的好名字」。

唱片

record／レコード

村上本身也曾經營過爵士咖啡廳，收集了大量的唱片。現在他也會持續於國內外購買黑膠唱片，在2015年的遊記《你說，寮國到底有什麼？》（P.174）中，就有描寫到他去波蘭的唱片行買二手唱片的模樣。在《聽風的歌》（P.058）中，左手只有四隻手指的女子所工作的唱片行、《挪威的森林》（P.125）中渡邊君在新宿的唱片行打工等等，作品中除了聽唱片的場面以外，也會出現許多唱片行。

雷德厚森

Lederhosen／レーダーホーゼン ㊐

去德國的女性為丈夫買了土產「雷德厚森短褲」的故事。明明好不容易才入手，卻成了決定離婚的契機。所謂的「雷德厚森短褲」，意指德國與奧地利等提洛地區流傳的民族服裝，也就是男性用的皮製短褲，附有肩帶。收錄於《迴轉木馬的終端》（P.056）。

ろ

羅西尼

Gioachino Antonio／ロッシーニ ㊅

因《威廉・泰爾》、《塞維亞的理髮師》等而出名的義大利作曲家。也是知名的美食家。《發條鳥年代記》（P.124）中有這麼知名的一幕：主角一面聽著FM放的羅西尼作品《賊鵲》，一面水煮義大利麵。

知更鳥巢

The Robin's Nest／ロビンズ・ネスト

《國境之南・太陽之西》(P.072) 中「我」所經營的爵士俱樂部名字，位於港區的青山。名字取自古老的流行曲。據說是為了名為佛瑞德・羅賓斯的 DJ 的收音機節目才製作的。雖和作品沒有關係，不過其實廣尾有一間名叫「Robin's Nest」的酒吧，在村上粉之間相當受歡迎。

羅馬帝國的瓦解・1881 年群起反抗的印地安人・希特勒入侵波蘭・以及強風世界

The Fall of the Roman Empire, The 1881 Indian Uprising, Hitler's Invasion of Poland, and The Realm of Raging Winds／ローマ帝国の崩壊・一八八一年のインディアン蜂起・ヒットラーのポーランド侵入・そして強風世界㊗

星期日下午，強風開始吹了起來。在她打來的電話鈴聲響起時，時鐘指著2點36分，「真要命，我這麼嘆了口氣。接著，我開始寫日記的後續」。用迂迴文體完成沒有意義的一天的初期短篇作品。收錄於《麵包店再襲擊》(P.131)。

高麗菜捲

rolled cabbage／ロールキャベツ

村上曾經營的爵士咖啡廳——「彼得貓」(P.133) 的名料理「高麗菜捲」。在《終於悲哀的外國語》(P.168) 的〈遠離高麗菜捲〉一章中就有詳細寫到當時的故事：「我開的店有供應一種高麗菜捲，因此我每天早上就不得不切碎一袋子的洋蔥。所以我到現在，還可以在短時間內，眼淚不流地切碎大量的洋蔥」。

漫長的告別

The Long Goodbye／ロング・グッドバイ㊗

1953 年發行，為瑞蒙・錢德勒 (P.177) 的推理小說。以私家偵探菲利普・馬羅為主角的長篇系列，譯名《漫長的告別（長いお別れ）》也相當有名。其中還有知名台詞「說一聲再見，就是死去一點點」。1973 年由導演勞勃・阿特曼翻拍成電影。在日本也由淺野忠信主演，於 2015 年的 NHK 星期六連續劇播放《漫長的告別》。2007 年因村上重新翻譯，造成話題。

早川書房，2007年

わ

葡萄酒

wine／ワイン

村上曾在歐洲住了三年左右，作品中時常出現葡萄酒。《人造衛星情人》（P.096）中的妙妙（P.160）在做進口葡萄酒的工作，經常與小菫（P.096）一同去義大利買貨。妙妙曾說過一句台詞:「葡萄酒這東西，剩下越多，越可以讓店裡的人試喝味道……這樣子大家才會逐漸記得各種葡萄酒的味道。所以上等葡萄酒點了之後剩下來不喝完，並不算浪費喲」。

給年輕讀者的短篇小說導讀（暫譯）

Guidance of Short Stories for Young Readers／若い読者のための短編小説案内 ㊔

過了40歲之後開始有系統地閱讀日本小說的村上，被戰後出現在文壇，稱之為「第三的新人」的世代給吸引。本書是從新的視角，解讀其中六位作家——吉行淳之介、小島信夫、安岡章太郎、莊野潤三、丸谷才一、長谷川四郎的短篇小說，為解讀導讀書。村上曾教授過關於他們的文學課程，讀者得以藉由本書體驗普林斯頓大學（P.143）與塔夫茲大學的授課方式，相當耐人尋味。

文藝春秋，1997年

和敬塾

Wakei-Juku／和敬塾

位於東京都文京區目白台的男大學生宿舍。村上於1968年曾住在西寮。在《挪威的森林》（P.125）中，渡邊君住的是東寮，但那是實際上不存在的虛構宿舍。也用於拍攝石黑一雄（P.057）原創的TBS電視劇《別讓我走》。

遺忘

forget／忘れる

正如同《挪威的森林》（P.125）中直子（P.120）的那句台詞「你真的永遠不會忘記我嗎？」村上作品中也時常出現「遺忘」這個關鍵字。在《海邊的卡夫卡》（P.048）中，佐伯小姐（P.078）就有句台詞:「我要你記得我。只要你還記得我，那麼我就算被其他所有的人都忘記也沒關係。」

早稻田大學

Waseda University／早稲田大学

村上於1968年進入早稻田大學第一文學部。當時正處於學園紛爭中最嚴重的時期，大學呈現長期關閉的狀態。村上於學生時期結婚，一面打工，花了7年才畢業。畢業論文為〈美國電影中的旅行觀〉（暫譯，アメリカ映画における旅の思想）。2010年上映的電影《挪威的森林》，其拍攝地點也是在早稻田大學。

我

Watashi／私 ㊜

在《世界末日與冷酷異境》（P.097）中的〈冷酷異境〉章節的「我」，是擅長密碼技術的35歲計算士。有過離婚的經歷。《刺殺騎士團長》（P.063）中的「我」是36歲的肖像畫家。離婚後，開車於東北及北海道流浪了一個多月後，住在位於小田原郊外一名朋友父親的畫室裡。長篇故事中，只有這兩部作品的主角第一人稱不是「僕」，而是「私」。

我們針對瑞蒙・卡佛所說的事（暫譯）

Raymond Carver an Oral Biography／私たちがレイモンド・カーヴァーについて語ること ㊙

山姆・哈爾伯特／編
中央公論新社
2011年

對作家夥伴及其前妻等16名關係人士進行的直擊訪談。他究竟是怎麼度過這貧困、喝酒又沒有工作的日子，又抱持著何種想法呢？由村上翻譯了周遭人士所闡述之瑞蒙・卡佛（P.177）的事。

我們的鄰居，瑞蒙・卡佛（暫譯）

私たちの隣人、レイモンド・カーヴァー ㊙

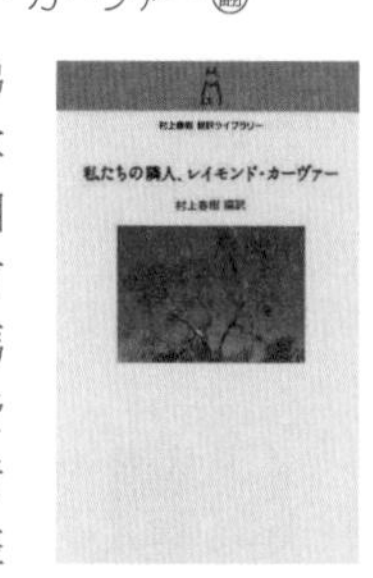

中央公論新社
2009年

極為喜愛瑞蒙・卡佛（P.177）的作品與其本人的9人，闡述了其相關回憶的散文集。有傑・麥克倫尼、湯瑪士・伍爾夫、格里・費斯克言等等。村上自行將與卡佛有關的證言整理成冊。

渡邊徹

Toru Watanabe／ワタナベトオル ㊜

《挪威的森林》（P.125）的主角「我」。是首部主角有被賦予名字的長篇。在直子（P.120）與綠（P.158）這兩名女子之間搖擺。從神戶高中畢業，進入東京的私立大學文學部，畢業後成為作家的設定簡直就是村上本人，為半自傳式的存在。在電影版中，是由松山研一飾演。

綿谷昇

Noboru Wataya／ワタヤノボル ㊜

綿谷昇，是《發條鳥年代記》（P.124）中「我」的妻子——久美子（P.066）的哥哥。從東京大學與耶魯大學研究所畢業後，成了知名的經濟學者，後來進入政壇。「綿谷昇」是我與久美子飼養的貓的名字，現在行蹤不明，後來改為「沙哇啦」。村上的作品中時常出現插畫家安西水丸（P.042）的本名渡邊昇，然而本作的綿谷昇是一個相當邪惡的人，據說村上是有所顧慮才改名的。

和田誠

Makoto Wada ／和田誠 ㊇

為插畫家兼散文評論家。和村上是從爵士咖啡廳「彼得貓」（P.133）時期就有來往的友人。最初的相遇，是在店裡面舉辦馬克思兄弟（P.157）電影上映會的那天。《爵士群像》（P.147）是系列書籍，由同樣愛好爵士的和田誠繪製爵士音樂家的肖像畫，並由村上添上文章。也著手《黑夜之後》（P.038）與全集《村上春樹全作品》的裝訂。

不錯

not bad ／悪くない

與「真要命」（P.169）同樣為村上知名用詞的「不錯」。雖然沒有出現太多次，卻不知為何留下了印象，相當不可思議。在《尋羊冒險記》（P.134）中，有一幕是一名司機看見了「我」所飼養的無名貓，說出「怎麼樣，我可以自作主張給牠取個名字嗎？」，被問到「就叫沙丁魚怎麼樣？」後，「我」回答「不錯啊」。在《黑夜之後》（P.038）中，也曾出現這句台詞:「不錯噢。雞肉沙拉，和烤得酥酥的土司。我在 Denny's 只吃這個」。

世界終焉（暫譯）

World's End and Other Stories ／ワールズ・エンド（世界の果て）㊙

知名旅行作家保羅・索魯（P.148）所撰寫的9篇短篇。描寫離開祖國美國，移居到倫敦、科西嘉島、非洲、巴黎、波多黎各等異國的人們體驗。以保羅實際體驗為基礎所寫的故事。

文藝春秋，1987年

我們那個時代的民間傳說—高度資本主義前史

The Folklore of Our Times ／
我らの時代のフォークロア高度資本主義前史 ㊛

「我」住在義大利羅馬的時期，偶然在名為盧卡的城市與高中同學重逢。接著，我們一面喝葡萄酒，一面聊起過去的女朋友。在遊記《你說，寮國到底有什麼？》（P.174）中就有描寫到造訪盧卡的回憶。收錄於《電視人》（P.113）

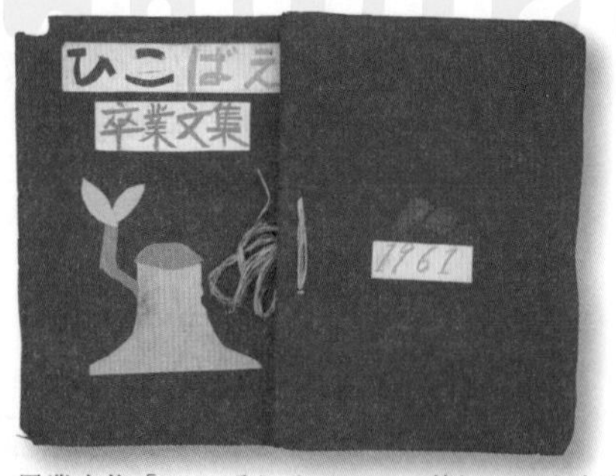

畢業文集「ひこばえ（hikobae，蘖）」，西宮市立香櫨園小學，1961 年。收錄了村上12 歲時寫的序文《青葡萄》（暫譯，青いぶどう）。

油印的「早稻田大學 聯絡簿」，1968 年。由村上負責繪製封面插畫和編輯。

《Jazzland》1975 年 8 月創刊紀念特大號，海潮社。彼得貓時代的訪談《成為爵士咖啡廳老闆的18 個 Q&A》（暫譯，ジャズ喫茶のマスターになるための 18 の Q&A）。

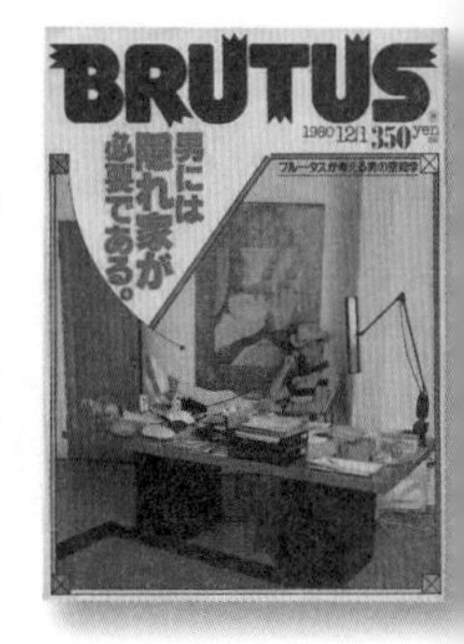

《BRUTUS》1980 年12 月1 日號「BRUTUS 所想的男性空間學（暫譯，ブルータスが考える男の空間学）」，平凡出版。用照片介紹了爵士咖啡廳「彼得貓」的店內。

探詢「夢幻的村上作品」

（書店與圖書館裡都沒有的村上春樹）

若公開聲明自己是村上迷，就會收集到很多資訊。例如，1961 年兵庫縣西宮市立香櫨園小學創立的畢業文集「ひこばえ（hikobae，蘖）」。裡面有當時才12 歲的村上以編輯委員身分，於扉頁上所寫的文章《青葡萄》（暫譯，青いぶどう）。再者，文集裡面也刊載了有關修學旅行回憶的文章，由此可知當時他已經有非凡的文才。此外，早稻田大學的油印名冊，是村上一名住在荻窪的前同學借給我的。1975 年的雜誌《Jazzland》上刊登了村上所寫的文章——《成為爵士咖啡廳老闆的18 個 Q&A》，村上以《舞・舞・舞》（P.109）中登場人物「牧村拓（Makimurahiraku，まきむらひらく）」名義所寫的文章，也在《海》的1982 年10 月號刊登。只在日本發行，現已絕版的阿弗瑞・伯恩邦（Alfred Birnbaum）譯作——英文版《聽風的歌》、《1973 年的彈珠玩具》，也可以和現在出版的泰德・古森（Ted Goosen）譯作一新版《Wind ／ Pinball（風／彈珠）》相互閱讀、比較，相當有趣。

column 10 rare books

《太陽》1982年5月號特集「用地圖遊玩」(暫譯,地図であそぶ),平凡出版。村上花三小時於新宿街道上散步並寫了報告。

《海》1982年10月號,中央公論社。「收音機的登場逼退了8毫米底片。錄音機的技術革新與影片租借店動搖了租借產業」(暫譯,ヴィデオの登場は8ミリ・フィルムを追いった。テープ・デッキの技術革新と貸しレコード店がレコード業をゆるがしている)※牧村拓名義

《IN ☆ POCKET》1985年10月號,講談社。「村上春樹VS村上龍對談 沒有比作家更厲害的生意」(暫譯,村上春樹VS村上龍対談 作家ほど素敵な商売はない)。

《POST CARD》安西水丸/著,學生援護會,1986年。刊載了全集中未收錄的短篇〈中斷的蒸氣熨斗把手〉(暫譯,中SWされたスチーム・アイロンの把手)。

《風的變遷》(暫譯,風のなりゆき)村上陽子/著,a-tempo平野甲賀+土井章史/企劃,Riburoporto,1991年。由陽子夫人拍攝照片與撰寫文章的希臘遊記。

《夏日物語——12個月物語》(暫譯,夏ものがたり—ものがたり12か月)野上曉/編,偕成社,2008年。刊載了全集中未收錄的短篇〈蚊香〉(暫譯,蚊取線香)。

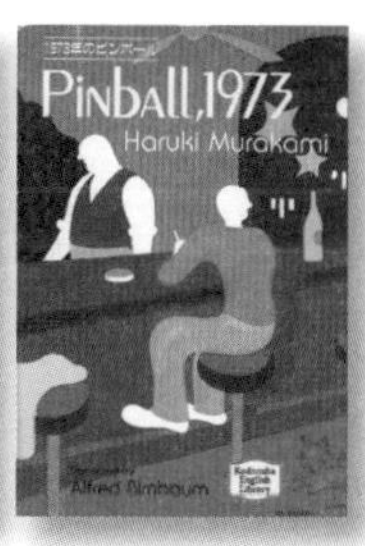

《聽風的歌 Hear the Wind Sing》、《1973年的彈珠玩具 Pinball, 1973》皆為講談社英語文庫,1987年。為阿弗瑞 · 伯恩邦的英譯版,只在日本販賣。

村上春樹全作品清單 各類別索引

【長篇小說】

【短篇小說】

INDEX

【短篇集】

●超短篇集

【非虛構式文學】

【散文集】

【旅行遊記】

【繪本】

【與讀者的Q&A集】

【對談集】

【翻譯作品】

INDEX

Afterword

後記
（或是如有什麼放什麼的義大利麵般的我的囁嚅）

村上主義者（Harukist）究竟是什麼呢？等回過神來，不知不覺間全世界的村上春樹粉絲，已經以荻窪的小Book Cafe為目標蜂擁而至。至今，人們也不再稱我們店為「6次元」，而是「村上咖啡廳」。我確實理解他在全世界都很受歡迎，我也很喜歡村上的小說。然而，為什麼會被他的作品給追趕得團團轉呢？每天打來的取材電話、來自粉絲的會面、電視與雜誌刊登的委託。明明不該像這樣的……說到底，我也不了解文學。即便如此，大家究竟為什麼想跟我問話呢？

不過那是一回事，這確實是個耐人尋味的現象。在文學並不那麼盛行，也並非如此賣座的年代卻依然受到歡迎，粉絲從全世界蜂擁而至，鐵定有著什麼特別的祕訣。有一天，我決定了。乾脆來研究這個村上春樹。接著，把從中學習到的事物當成自己活動的靈感吧！因此，我開始了我那毫無止盡的「春樹巡禮冒險」。

「6次元」所在的場所，原本是有名的爵士酒吧「梵天」。這是在1974年，與村上春樹於國分寺開設「彼得貓」時同個時期開店的傳說店面，而「6次元」將這個遺跡完整保留並加以使用。我被從「梵天」時期就知道的客人問說：「村上不也來過梵天嗎？」。然而，實際上他有沒有來也不曉得。

在2008年作為6次元開店後，本

店就以「保留當時爵士文化之店」的名義，成了村上粉絲頻繁舉辦讀書會的地方。而且，本店還開始舉辦起諾貝爾文學獎的現場轉播，自然成了全世界粉絲聚集之地。我也在介紹村上春樹文學世界的海外取向網路雜誌《Exploring Murakami's world》上，介紹村上的文學散步路線，並出版了《用散步感受村上春樹》（暫譯，さんぽで感じる村上春樹）一書。再者，我也會被當地的人邀請去當村上春樹讀書會的客人。從用英文開始發布情報的2015年左右開始，國外的村上粉絲急遽增加。多的日子一天會有30名以上的全世界村上粉絲蒞臨。村上的翻譯者們也從各國前來，連哈佛大學名譽教授傑·魯賓先生也會一同參與活動。

最後，在NHK教育頻道首度製作連村上也公認的特別節目「全世界來讀村上春樹～跨越境界的文學～」時，我成了負責的導演參與節目演出，甚至在NHK廣播節目「用英文讀村上春樹」成了最終回的賓客。令人驚訝的是，在對這些活動有興趣的人們邀約之下，我還成了大學與專門學校的文學講師，更進一步出版小說。果然，「所謂村上春樹的小說，並非以生活的對極形式，而是以生活的一部分存在著」。正因為讀者鐵定也是這樣認為的，才沒辦法不去閱讀。我有了如此大的變化及發現。

在製作這本《村上春樹詞典》之際，我真的非常感謝負責本書的誠文堂新光社編輯保萬紀惠小姐、完成美麗裝訂的川名潤先生、協助校正的牟田都子小姐，以及各位村上春樹讀書會的成員。

中村邦夫

村上春樹
散步MAP

WALKING MAP OF
HARUKI MURAKAMI

對村上文學而言，「走路」這個行為，
是解讀作品的重要「關鍵」。
只要在閱讀完小說後散步，
街道就會成為能夠無時無刻用五感享受的立體故事。

千駄谷

SENDAGAYA

①村上經營的爵士咖啡廳「彼得貓」遺址（現在為「Bistro 酒場 GAYA」）

②村上長久以來會去的理髮廳「Naka Barber Shop」。由一直幫他理髮的大內先生獨立開設的理髮廳「BARBER3」也在這附近。

③在《世界末日與冷酷異境》中，「我」於地底下想到的「河出書房新社」與「Hopken 拉麵店」。

④村上在千駄谷最喜歡的地方——鳩森八幡神社。《村上朝日堂》中有寫到來此初詣（新年初次參拜）的回憶。

⑤聖德紀念繪畫館。在短篇〈貧窮淑母的故事〉中，就有出現該廣場中的獨角獸雕像。

⑥1978 年4 月，村上在神宮球場決定「來寫小說吧」。

⑦在《世界末日與冷酷異境》中，「我」從地底下逃脫的「青山一丁目」站。

⑧在短篇〈四月某個晴朗的早晨遇見100% 的女孩〉中出現的郵局。

澀谷

①在《1Q84》中，青豆用來放行李的澀谷站投幣式置物櫃。

②在《1Q84》中，青豆用來暗殺一名男人，那間位於澀谷坡道上的旅館。

③在《黑夜之後》中，高橋與瑪麗邂逅，並吃著雞肉沙拉的「丹尼斯餐廳（Denny's）」。

④登場於《黑夜之後》,「阿爾發城」坐落的汽車旅館街。

⑤在《1973年的彈珠玩具》中，「我」與朋友一同開業的翻譯事務所就位於此坡道上。

⑥在《國境之南．太陽之西》中，「我」與島本重逢的喧鬧澀谷街道。

⑦在《舞．舞．舞》中我購入「調理好的青菜」的超市紀伊國屋。

⑧在《沒有色彩的多崎作和他的巡禮之年》中，主角作可能有買過繪本的繪本專賣店。

⑨根津美術館。在短篇〈木野〉中，「我」所經營的爵士酒吧就在此美術館的背後。

早稻田

WASEDA

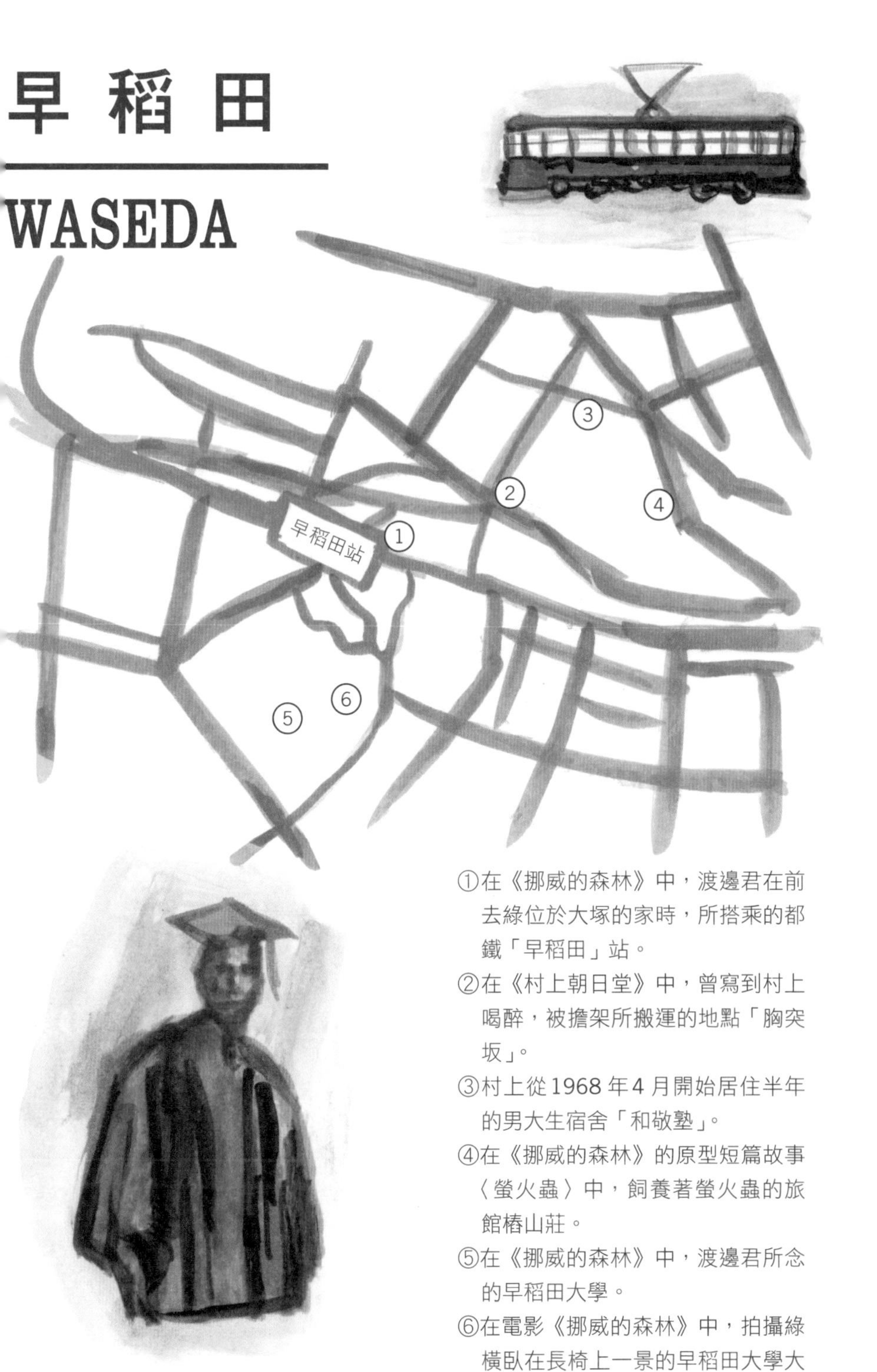

①在《挪威的森林》中，渡邊君在前去綠位於大塚的家時，所搭乘的都鐵「早稻田」站。

②在《村上朝日堂》中，曾寫到村上喝醉，被擔架所搬運的地點「胸突坂」。

③村上從1968年4月開始居住半年的男大生宿舍「和敬塾」。

④在《挪威的森林》的原型短篇故事〈螢火蟲〉中，飼養著螢火蟲的旅館椿山莊。

⑤在《挪威的森林》中，渡邊君所念的早稻田大學。

⑥在電影《挪威的森林》中，拍攝綠橫臥在長椅上一景的早稻田大學大隈庭園。

新宿

SHINJUKU

DUG

新宿站

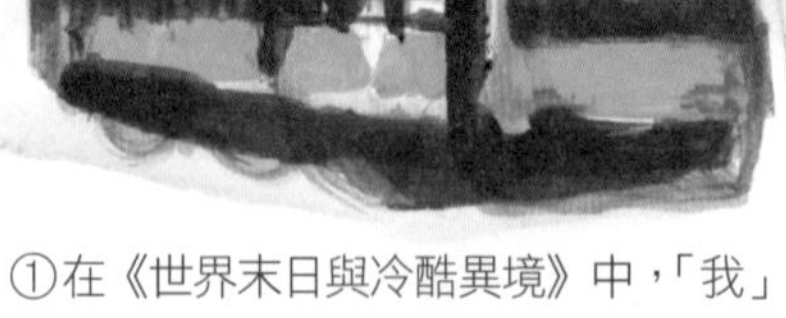

①在《世界末日與冷酷異境》中，「我」寄放「獨角獸頭骨」的新宿站。

②在短篇〈開往中國的慢船〉中，「我」讓女子乘坐反方向山手線的新宿站。

③在《沒有色彩的多崎作和他的巡禮之年》中，主角作所喜歡的新宿站第9、10號月台。

④登場於《村上收音機3：喜歡吃沙拉的獅子》的「所謂新宿車站裝置」。

⑤在《挪威的森林》中，渡邊君與綠喝著伏特加東尼的爵士酒吧「DUG」。

⑥在《挪威的森林》中，渡邊君與綠在看電影之前順道繞去的「鰻屋」。

⑦在《1Q84》中，天吾與深繪里見面之前去買了書的紀伊國屋書店。

⑧在《發條鳥年代記》中，「我」一直坐在「高樓大廈前的雅緻長椅上」。

⑨在〈青蛙老弟，救東京〉中片桐工作的「東京安全信用金庫」也位於新宿。

高圓寺

KOENJI

①在《1Q84》中，青豆於溜滑梯上發現了天吾正在仰望兩個月亮的「高圓寺中央公園」。

②在《1Q84》中，深繪里從入口處打電話的超市「丸商」（現在的 Yutakaraya）。

③在《1Q84》中天吾所居住的公寓（距離超市「丸商」約200公尺的地方）。

④在《1Q84》中，於天吾房間外埋伏的牛河去沖洗照片的 DPE 。

⑤在《1Q84》中牛河吃天婦羅蕎麥麵的「富士蕎麥麵」。

神戶

KOBE

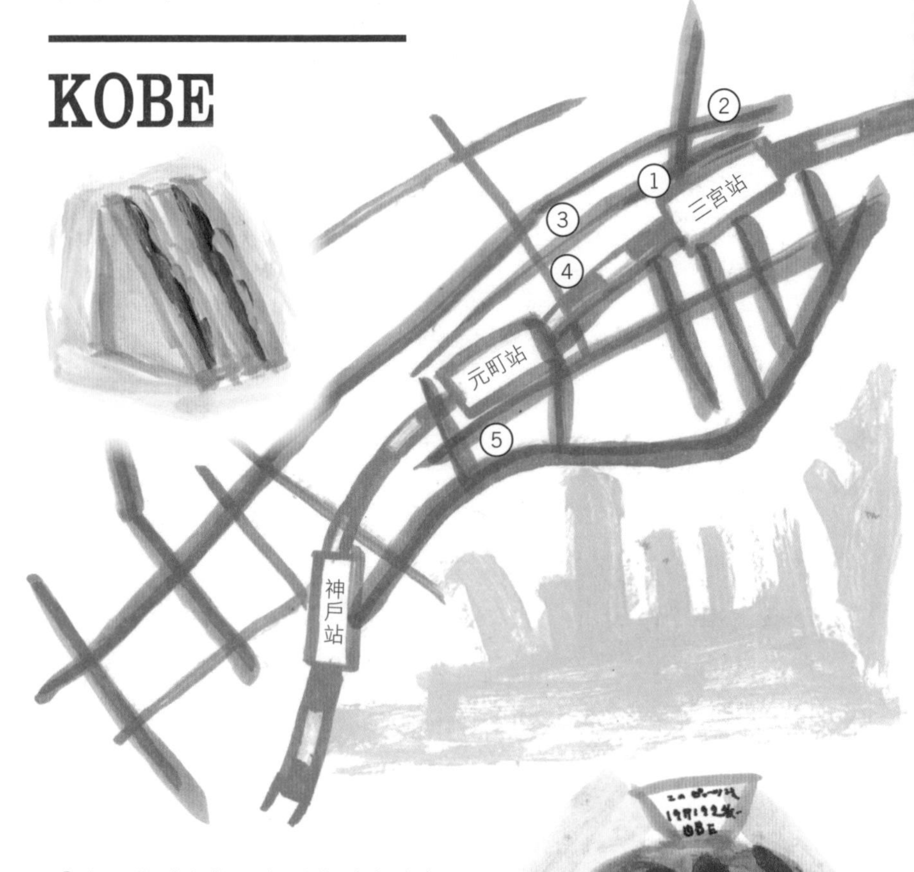

①在短篇〈盲柳，與睡覺的女人〉中，「我」為了與堂弟一起去醫院而搭了「28號」巴士。

②在電影版《聽風的歌》中成為傑氏酒吧舞台的三宮酒吧——「HALF TIME 半日酒吧」。

③在《邊境 · 近境》中，村上吃著附有編號的海鮮披薩，那間位於元町的餐廳「Pinocchio」。

④在《舞 · 舞 · 舞》中可以吃到「燻鮭魚三明治」的老牌西洋食材店「德利卡特珊（Tor Road delicatessen）」。

⑤在《聽風的歌》中沒有小指的女子所打工的地方——元町商店街唱片行「Yamaha Music 神戶店」遺址。

北海道

HOKKAIDO

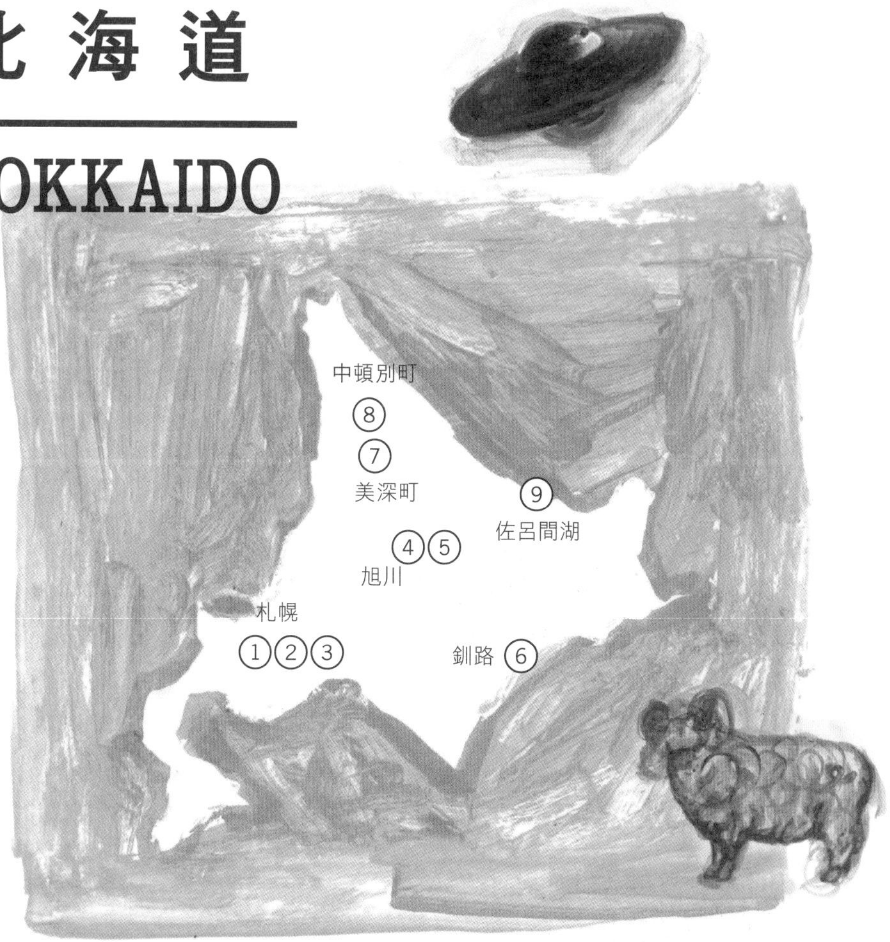

①在短篇〈她的家鄉，她的綿羊〉中，居住於東京的「我」在10月底造訪札幌。

②在《尋羊冒險記》中，「我」到處尋找謎樣的羊，那座只由直線構成的城市——札幌。薄野有「海豚飯店」。

③在《舞・舞・舞》中，「我」住在改裝過後的札幌旅館「海豚飯店」，並每天吃 Dunkin' Donuts 。

④登場於《發條鳥年代記》中，有著預知能力的本田即是旭川出身。

⑤《挪威的森林》中玲子姊最後旅行的場所，旭川。

⑥在短篇〈UFO 降落在釧路〉中，美容師佐伯的妻子於釧路目擊到 UFO 。

⑦登場於《尋羊冒險記》中的「十二瀧町」原型為美深町。有著讓人聯想到「老鼠」父親別墅的「松山農場」。

⑧在短篇〈Drive My Car〉中，渡利美咲的出身地「上十二瀧町」就是中頓別町。

⑨在《關於跑步，我說的其實是……》中，有寫到村上1996 年參加佐呂間湖100 公里超級馬拉松的故事。

Dictionary of

Haruki Murakami Words